窓をあけて、
私の詩《うた》をきいて

名木田恵子
Nagita
Keiko

何ものにもかえがたい愛《いと》しい存在《そんざい》と出会う。自分の意思ではおさえることのできない
その強い感情には、よろこびと哀《かな》しみがつきまとう。ゆえに、恋《こい》は「孤悲」とも表す。

夜

咲野《さくや》のことを考えすぎて、頭が石になりパラパラとくずれていきそうだった。

今日も咲野をさがして一日中、八月の炎天下《えんてんか》を歩きまわった。カンをたよりにこの町の沿線《えんせん》にある漫画喫茶《まんがきっさ》やネットカフェ。あてがなくなり、町にもどって、小学校時代によく通った児童館や図書館にもまた行ってみた。満天川《まんてんがわ》の川岸、いくつかの公園。公園の丸いドームの遊具の中、トイレまでもう一度のぞいた。

咲野のことならほとんど知っているつもりでいたのに、行動範囲《はんい》をこれしか思いつかない自分がなさけなかった。

咲野とわたし。

三歳《さい》の頃《ころ》から十五歳になった今だって、「親友」なんて言葉では軽すぎるくらい大切な存在《そんざい》なのだ。きっと咲野だってわたしのことをそう思っていたはず……。

「裏切者《うらぎりもの》！　うそつき！　サイテー！　絶交《ぜっこう》だよ！　ミドなんか、消えちゃえばいいんだ！」

咲野から投げつけられた言葉。

あれはひと月前。

夏休みを一週間後にひかえていた。

怒《いか》りと哀《かな》しみのまじったあの咲野の声が耳からはなれない。

わたしはうつむいたまま、何も言いかえせなかった。咲野にそんなことを言わせた自分を切りきざみたかった。

ちがう！　サクヤ、うそついてない！　裏切ってなんかいないよ！

でも、言えない。

どうしても言えなかった。ひと言発しただけで、すべてがくずれてしまいそうで。

くちびるだけでなく、強くかみしめすぎた心にも青あざがつき、涙《なみだ》さえにじまなかった。

あの日から、咲野とのつながりは切れている。

このひと月。

夏休みの重い時間を、わたしは持てあましていた。砂漠《さばく》に放り出され、ひからびていくような毎日。どうしたらいいのか、途方《とほう》にくれていた。

そんな二日前の深夜――暁生《あきお》からのＬＩＮＥが入ったのだ。

机《つくえ》の上に参考書をひろげたまま、もうろうとした気分でいたわたしは、スマホを手にとって、一瞬《いっしゅん》ためらった。暁生から連絡《れんらく》があるのも、あの夜以来、十日ぶりくらいだ。

暁生からのＬＩＮＥに身がまえるなんて――。

泣きたいような気分でＬＩＮＥをひらいたとたん、

――サクヤが家出した。

ＬＩＮＥのその文字だけが浮《う》きあがり、目に突《つ》き刺《さ》さった。とっさに立ちあがり、くらっとなる。

（サクヤが家出！）

ああ、わたしのせいだ。きっとそうだ。

息をすいこみ、暁生のＬＩＮＥをきちんと読みなおす。

――いきなり心配させるけど、ミド、やっぱ知らせる。サクヤが家出した。サクヤのうちには、まだ言わない方がいいよ。親とケンカしたわけじゃないみたいだ。わけわかんね。ダンスの合宿だって、うそついて家出たらしいんだ。

いつもより礼儀《れいぎ》正しい暁生のＬＩＮＥからは、なんとなく気まずそうな雰囲気《ふんいき》が伝わってくる。わたしにＬＩＮＥするのも勇気がいったかもしれない。それでも、暁生らしいさりげない気づかいを感じた。

暁生は、わたしと咲野の仲がこじれて疎遠《そえん》になっていることで、ずっと気をもんでいた。

少しの間、わたしは放心していたみたいだ。

——お～い、ミド、だいじょうぶか？

また暁生からＬＩＮＥが届《とど》いた。

ハッとして、あわてて返信する。

——すぐさがしにいく！

——どこにいるか見当つかね。

——アキオ、何も聞かなかったの！

つい返信に怒《いか》りがにじんでしまう。

つづけて（サクヤはいつから——）そこまで打ちかけていたとき、

——知らせてくれたの、ゲンなんだ。

暁生のＬＩＮＥがポツンと落ちてきた。

「ゲン……」

思わずスマホに向かって声をあげる。

暁生のＬＩＮＥはつづいていた。

――ゲン、サクヤから電話もらったんだって。だれにも言うなって口止めされたみたいだけど、おれに連絡《れんらく》くれた。

わたしは深い吐息《といき》をつく。

眩《げん》と暁生も切れたわけじゃない。よかった。……つながっていた。

そして、咲野は眩に電話をした。LINEではなく、眩の声を求めたのだ。咲野は眩にだけ家出したことを話した。

（わたし、じゃなくて……）

――ゲンも、なんも聞きだせなかったんだ。でも、合宿行くって家出したんならサクヤ、おばさんたち心配させたくないんだよ。もどってくるって！　サクヤの合宿って去年、五日くらいだったよな。

――もし、もどらなかったら？

返信する指がすべった。

わたしは暁生のように気楽には考えられない。

――とにかく、それまで死に物ぐるいでさがすから。ゲンもさがすって。ミド、だからそんなに心配すんな、ってムリか。

わたしは小さく息をついた。わかっている。暁生だって心配しているのだ。咲野のこともわたしのことも、そして眩のことも。

気をとりなおしてLINEを送る。

——そうだね、わるい方に思うのやめるね。

——そうさ。だいたいサクヤ、子どもんときだって、よく家出してたろ、家出先はミドんち限定でさ。おれ、サクヤは絶対《ぜったい》帰ってくるって信じてる。ミドもそう思え。何かわかったら、すぐ知らせるよ。


おとといの暁生のLINEを、また読みなおす。

暁生のそのLINEを読むと、前向きになれる。

わたしたちは、そんなに簡単《かんたん》にこわれたりしない……。

わたしは大きく部屋の窓《まど》をあけた。

とたん、ムッとする熱風が流れこんでくる。

今夜も熱帯夜。ねっとりとした夜気が、またたく間にエアコンの冷気をのみこんでしまう。

わたしはスマホをにぎりしめたまま、窓辺にしゃがみこみ、外をのぞいた。街灯に建売住宅の似たような家並《いえな》みがにじんでいる。

暁生の家は、左どなりの二軒《けん》先。そして、咲野の家は、右の角を左に折れて三軒目。

「うちとアキオとミドんち、線で引くと三角形になるね」

そう言ったのは咲野だった。

そう、暁生の言うとおり、咲野は小さい頃、親に何も言わず、わたしのうちによく家出してきた。

子どもの足で歩いて三分ほどの家出。

それでも、咲野なりの幼《おさな》い決意があったのだろう。青くなったおばさんが、むかえにきても帰ろうとせず、何日もそのままうちに泊《と》まっていた。腫《は》れ物《もの》にさわるように大事にされているのに、咲野にとっては居心地《いごこち》のわるい家だったようだ。

「遅《おそ》くできた子で、わがままに育ててしまって」

咲野のお母さんは、やせた体を縮《ちぢ》こませて、わたしの母親に申《もう》し訳《わけ》ながっていたらしい。

「サクヤ、家出するならわたしんちでしょ?」

窓辺で思わずつぶやいた言葉を、そのまま咲野にＬＩＮＥで送ってしまう。昨日《きのう》から、もう何十通もＬＩＮＥを送っていた。

――サクヤ、どこにいるの？

――わたしバカだからうまく言えないよ。でも、裏切《うらぎ》ったりしてない！

――何してんの？　サクヤ、絶交《ぜっこう》したっていいから帰ってきて！

このひと月の間、咲野にＬＩＮＥを送るのがこわかった。無視《むし》されたら……もしブロックされていたら……。

今はもう、そんなおそれなど、吹《ふ》きとんでしまった。思いついたことをなんでも書いて送る。

あれからもう、二日。

咲野に送りつづけるＬＩＮＥには、既読《きどく》マークさえつかない。でも、ブロックされてはいない。それだけが救いだ。

今日も暁生からはなんの連絡《れんらく》もなかった。

いつもの暁生なら、うるさいくらいＬＩＮＥが届《とど》き――いや、その前にうちにとんできているだろう。

咲野をさがしまわりながら、暁生といっしょでないのが歯がゆくてたまらなかった。

暁生だって咲野をさがしているはずなのだ。たぶん、ひとりで。

（バラバラになってしまった……）

咲野と暁生とわたし。

家が三角形で結ばれているように、わたしたちも特別の絆《きずな》で結ばれた、「鋼《はがね》の三角形」だと思っていた。口に出さなくても、きっと咲野と暁生もおなじ気持ちだったと思う。

サクヤとゲン。

アキオとゲン。

そして、わたしとゲン。

枇々木《ひびき》眩《げん》が現《あらわ》れなかったら、わたしたち三人は、ずっとあのままの関係でいられたのだろうか。

わからない――。

その方がよかったのかどうかさえも。

1

芦原咲野《あしはらさくや》と井辻暁生《いつじあきお》、そして、わたし、香椎水鳥《かしいみどり》。

わたしたちは三歳《さい》の頃《ころ》、「あおぞらよいこ幼稚園《ようちえん》」で出会った。そして、不思議な磁石《じしゃく》にひきつけられたように仲良くなったのだ。家が近かったことも、さらに仲を深めた。

いつも「ひっつき虫」のようにいっしょにいた。

「あんたたち、三人でガチガチに固まってないで、ほかの子とも遊びなさい！」

園のきみえ先生に、キンキン声でよくそう注意された。きみえ先生は咲野がきらいで、生意気だと思っていたらしい。咲野もきみえ先生が大きらいだった。

きみえ先生はいじわるで、男の子ばっかりかわいがる――咲野はそう憤慨《ふんがい》していた。

「かわいい子ばっか！」

そう言われればそんな気もしたが、暁生はわたしより、さらにわかっていなかった。

「アキオはね、自分がかわいがられてんだもん、わかんないんだ。ぼんくらだし！」

咲野にいやみを言われても、暁生はキョトンとしていた。ぼんくらの意味さえわからなかったのだ。わたしも知らなかった。

たしかにその頃の暁生は、女の子のわたしたちよりも小柄《こがら》で愛らしかった。まつ毛も長く黒目がち。性格も素直でおっとりしてる。

いつだったか、きみえ先生にしかられた咲野が、いきなり先生の腕《うで》にかみついたことがある。すかさず、そばにいたわたしも、きみえ先生のもう一方の腕にかみついた。

あのときの、きみえ先生の悲鳴。

「あたし、ちゃんと加減したんだよ。でも、ミドはしなかったんだ。あのとき、ミドとはずーっと友だち！　って思ったんだよねー」

その後も咲野は、そのエピソードをよく話題にした。

わたしにとっても大切な思い出。咲野のために、とっさに反応《はんのう》していた。きっと子どもながら理不尽《りふじん》なできごとがあったのだろう。咲野のために奮《ふる》い立つような気持ちがわきあがったのを、ぼんやりと覚えている。それを、咲野が忘れずにいてくれることがうれしかった。

けれど、暁生はその話が苦手だ。

「おれはただ横でぼうっと立ってただけって言うんだろ。けど、おれ、ぜんぜん覚えてねぇんだから、しょーがねーだろ」

暁生はなさけなさそうに苦笑する。

暁生は、かみつき事件だけでなく、あんなにひいきしてくれたきみえ先生のことも、はっきり覚えていないという恩知らずなのだ。


わたしたちは園が終わってからもいっしょにすごした。「はなれんのヤダァ！」と咲野が激《はげ》しくゴネてくれたおかげで、咲野のお母さんが仕方なく三人をつれて帰り、遊ばせてくれたのだ。

フリーで働いていた暁生のママも、あの頃、軽いうつ状態《じょうたい》でほとんど引きこもっていたわたしの母親も、咲野のお母さんに甘えたようだ。

そのうち、わたしの母親が少しずつ回復してくると、三人はうちで遊ぶことが多くなった。それが、いつのまにかわたしの家だけですごすようになる。咲野が、自分のうちに来られるのをいやがりはじめたのだ。

「お母さん、散らかすとあとで機嫌《きげん》わるくなるんだ。それに、うるさいとすごく疲《つか》れるんだって。年だからね……」

たしかに咲野の家は、散らかっているうちにくらべて、いつもきちんと整理整頓《せいとん》されていた。それに咲野は、自分の両親がほかの親たちより年をとっていることを、ひそかに気にしていたのだ。

幼稚園《ようちえん》の年中のときの運動会だっただろうか。園のだれかが、

「あ、サクヤちゃんのおじーちゃん！」

父親にそうよびかけたときの、咲野の表情が忘れられない。すぐにカッとなるくせに、咲野はあのとき怒《おこ》らなかった。

そう言われれば、咲野の両親は、運動会に来ていた祖父母たちに印象が近かった。

幼《おさな》いながら、わたしもそのことには触《ふ》れてはいけないのだと感じた。

咲野には、かなり年のはなれた姉がいるようなのだが、家を出ていてわたしも会ったことはない。咲野も姉にはなじみがないらしく、話題に出ることはその後もなかった。

わたしの母親は、咲野と暁生が遊びにくることをとても歓迎《かんげい》した。散らかしたり、大声でさわいだりする子どもたちのエネルギーのシャワーを、むしろすすんで浴びているようだった。

うつ状態《じょうたい》だった母親がなんとか暗闇《くらやみ》から脱《ぬ》け出《だ》せたのは、自分の家のように大声をあげ、天真爛漫《てんしんらんまん》に走りまわる二人のおかげもあっただろう。わたしと二人きりでいたら、母親の時間はとまったまま、動かなかったかもしれない。わたしもいっしょにその時間の中にとじこめられていたような気もする。

母親が心を病《や》んだのは、二歳《さい》ちがいのわたしの兄が、マンションからとびだしたとたん、目の前でトラックにはねられてからだ。

まだ五歳だった。

わたしには、兄の記憶《きおく》は写真しかない。

写真の兄は、わたしを抱《だ》こうとしたり、顔をのぞきこんだりして笑っている。

あの頃、三歳になろうとしていたわたしは、死ぬことがどういうことなのか理解していなかった。泣いてばかりいる母親が、いやでたまらなかった。なのに、母親が泣いていると、涙《なみだ》があふれてくる。わたしが泣くと、母親はやさしくなった。

マンションを売って、この住宅地《じゅうたくち》に越《こ》してきたのは、父親の決断だ。

新しい生活が始まるはずだったのに、ホテルに勤務《きんむ》していた父親は、越して間もないうちに、博多《はかた》のホテルに転勤になった。

母親はついていかなかった。

父親はその後も大阪《おおさか》に、そして現在は、シンガポールのホテルに単身赴任《ふにん》している。

なんだかうちから逃《に》げてるみたい――母親がつぶやいた言葉が耳に残っている。

2

咲野《さくや》と暁生《あきお》とわたし。

わたしたちは、そろって近くの公立の小学校に入学した。

クラスはバラバラになったが一、二年の頃《ころ》は登下校もいっしょ、もどってからも幼稚園《ようちえん》時代とおなじく、ほとんどうちですごしていた。

暁生と咲野は、どんどん背《せ》が伸《の》びていく。

なかなか伸びないわたしを心配して、二人はまじめにわたしの手足を引っぱったり、公園のうんていに長い時間ぶらさがることを強要した。そんな二人の、というより咲野の特訓はきびしく、わたしはとうとう「もうチビのままでいい」と音《ね》をあげた。

咲野は身長だけでなく成績も自分とおなじくらいのレベルでいてほしいらしい。咲野はのみこみが早くなんでもできたが、わたしはすべてにゆっくりだったのだ。

いつもわたしの先を走っている咲野の後《うし》ろ姿《すがた》はかがやいていて、わたしはなんとかその背中を見失わないように懸命《けんめい》だった。

暁生は背《せ》が伸《の》びるにしたがって男の子の友だちが増え、外では以前のようにわたしたちとまじらなくなった。けれど、たとえ短い時間でも三人ですごさないと落ちつかないようで、咲野がうちに来ていたら必ずふらりと現《あらわ》れた。

小学三年生は、わたしにとって暗雲の幕《まく》あけになった。

クラス替《が》えで、咲野と暁生はおなじクラスになれたのに、わたしだけはずれた。三クラスしかないのだから、咲野とだけでもいっしょになりたかったのに――。

それに突然《とつぜん》、母親が就職《しゅうしょく》した。

二種の運転免許《めんきょ》を取って、タクシードライバーになったのだ。なんの相談もなかったようで、父親はかなりおどろいていたが、反対はしなかった。

タクシードライバーの仕事は、二日分を一気に働く隔日勤務《かくじつきんむ》。夜中仕事をして、日がのぼってから帰宅《きたく》する。その日は「明番《あけばん》」で家にいるのだが、母親は疲《つか》れるのか、寝《ね》てばかりいた。

それまでだって母親が家にいても、とくに会話があるわけでもなく二人でだまってテレビを見る以外、わたしは部屋にこもっていた。

なので、夜ひとりでも平気——そう思っていたが、内心はひどく心細かった。咲野たちがしょっちゅう泊《と》まりにきてくれなかったら、心が折れていただろう。

咲野は、父親よりもわたしのことを気にしてくれていたのだと思う。

「ミドがかわいそうだよ！　おばちゃん」

休日、午後近くなってやっと起きてきた母親は、キッチンのカウンターでぼんやりとコーヒーを飲んでいた。その母親の前に、いきなり咲野が立ちふさがったのだ。

咲野がリビングでゲームをしながらそわそわしていたのは、母親が起きてくるのを待ちかまえていたかららしい。

寝起きの母親は、ぼうっとした表情で咲野を見ている。何を言われたのかよくわからないといった感じだった。咲野はかまわずつづけた。

「おばちゃん、なんでタクシーなんてするの？　夜ミド、ひとりになるんだよ！　そんなにお金がほしいの？」

咲野はキラキラした目を、真剣《しんけん》に見ひらいていた。絶対《ぜったい》言おう、と決心していたような口ぶりだった。

瞬間《しゅんかん》、母親の表情がこわばった。口を一文字に引くと、音を立ててマグカップをカウンターに置く。

思ってもいなかったなりゆきに、わたしはどうしていいかわからず、息をつめ固まっていた。なぜか、カウンターのガラスの花びんに生けられた白いバラを見つめていた。五月。先週の木曜日が、兄の誕生日《たんじょうび》だったのだ。

しばらく後、母親が感情をおさえるように小さく息をついた。

「サクヤちゃん……いきなり何を言うのかと思ったら。……ミドリのことは心配いらないわ。しっかりした子だし……それに朝、学校に行く前には帰れるようにしてるのよ。この仕事は家にいられる時間も多いし。それに、夜だってたいてい、サクヤちゃんが泊《と》まりにきてるじゃないの」

ぎこちなく母親はほほえむ。

咲野の真顔は変わらなかった。

「おばちゃん、夜、子どもだけでいるの、いけないんだよ！」

咲野に言い返されて、母親の口もとがしだいにゆがんでいく。

「へーえ、それなら、サクヤちゃんちにミドリを泊めてくれる？」

母親の目がすわっている。わたしはあせった。母親の感情が爆発《ばくはつ》する前ぶれだ。

「無理でしょ？　芦原家《あしはらけ》には芦原家の、うちにはうちの事情があるの、大人の事情がね！」

きつい声。

けれど、咲野はひるまない。

「うちのお母さんもよくそう言うよ。大人のことに口出すなって――」

「そのとおりよ！　なんにもわかってないくせに、子どもが口を出す問題じゃないの！」

母親の剣幕《けんまく》に、咲野の目に涙《なみだ》が浮《う》かんでくる。

わたしは呪縛《じゅばく》から解かれたように空気をすいこんだ。口をあけようとしたそのとき、

「おばちゃん、ミドがかわいくないの！」

咲野が炸裂《さくれつ》した。母親の眉《まゆ》がさらに上がる。

「かわいくないわけないでしょう！　たったひとり残された子なのよ！」

悲痛《ひつう》な声で母親がさけんだ。

「わたしはひどい親かもしれない。でも、今はどうしてもこの仕事が必要なのよ！　お金のためだけじゃない！　わたしが……ずっと落ちこんでたら、どうなるの!?　わたしが元気にならなかったら……ミドリだって……」

ヤバい。母親も泣き出しそうだ。そうなると、手がつけられなくなる。

「――サクヤ、二階に行こう！」

わたしは咲野の手を引っぱると、リビングをとびだした。

「リモコンかたづけなさい！」

ヒステリックな大声で母親がさけんだ。


咲野はわたしの部屋のベッドに倒《たお》れこむと、

「ミド、ごめん……言っちゃった」

両目をこすった。

わたしは小さく息をつくと、咲野のとなりにそっと横になった。言葉より先に涙《なみだ》があふれてくる。

「……スッとした……」

やっとそれだけ口にできた。

「ありがとう……サクヤ……」

声がかすれた。

咲野は、わたしが言いたくても言えなかったことを母親にぶつけてくれたのだ。

聞きたくても聞けなかったことを、聞いてくれた。

——おばちゃん、ミドがかわいくないの！

母親の答えがわかった。

咲野とくっついた肩《かた》の先が、ほんのりとあたたまってくる。今までは二人でこのベッドで寝《ね》ても十分余裕《よゆう》があったが、この頃、朝になると、どちらかがベッドの下で毛布にくるまっていた。

「おばちゃん、まだ誕生日《たんじょうび》してるんだね」

しばらくだまっていた咲野が、天井《てんじょう》を見あげたままポツリと言った。

カウンターの白いバラの横に置かれたフォトスタンド。兄が笑っている写真。咲野も見ていたのだ。そして、知っていた。その写真は、兄の誕生日にしか飾《かざ》られないこと。

「花とケーキ買うくらいだけどね……」

わたしも天井を見あげる。

「——死んじゃったら、もう会えないんだよね」

咲野がつぶやく。

「……でも、お母さんはいつかまた会えるって」

「どこで？」

「天国じゃない？」

「どっちかが地獄《じごく》に行ったら？」

「もう、やだあ」

笑って咲野をつついたが、真剣な顔をしているので、わたしも真顔になる。

二人でまた天井《てんじょう》を見つめる。白い天井には、暮《く》れていく灰色《はいいろ》の影《かげ》がぼんやりとゆれていた。

「うちはさ、お父さんもお母さんも年とってるから、きっと早く死んじゃう――」

ふいに、咲野が感情を消した声で言った。

わたしはびっくりして、咲野の横顔を見た。咲野は天井をにらみつけている。

「……そんなに……年とってないよ」

「お父さん、七十くらいかも。二人とも、おしえてくれないんだ、ほんとの年。お母さんって、何聞いたってごまかす。うそつき。うちは暗いよね、ドヨヨンってしてる」

そして息をすいこむと、咲野は一気に言ったのだ。

「あたし、もらいっ子かもしれない」

わたしはビクッと肩《かた》を浮《う》かす。咲野がそんな話をするのは、初めてだ。

「まさか！」

ふいに胸《むね》がつまってくる。咲野はそんなことをずっと悩《なや》んでいたのか――。

「あ〜あ、二人とも死んじゃったら、お姉ちゃんがいても、どこいるかわかんないし、会ったこともないんだよ。あたし、ひとりぼっちになるんだなあ……」

つぶやくと、咲野は目をきつくとじた。

のどに何かがこみあげてきて、

（わたしがいるよ！）

わたしは息をすいこんだ。

「わたしがいるよ、サクヤ……」

思いきって小さく声にした。

咲野からは、何も返ってこない。

聞こえたかな？

もう一度言った方がいいかな。

しばらく迷《まよ》っていたら、規則正しい寝息《ねいき》が聞こえてきた。

「え？　寝《ね》ちゃったの……？」

わたしはほほえむと、咲野の手に手を重ねた。咲野の指は、わたしより細くて長い。もう大人の手みたいだ。あたたかい。

横顔に顔を近づけると、咲野からは焼《や》き菓子《がし》の匂《にお》いがした。

――突然《とつぜん》、全身に電流が走ったのはそのときだった。その衝撃《しょうげき》に、わたしはハッと咲野から手をはなした。部屋がいびつに曲がって見える。

息苦しいほどドキドキしていた。

咲野に心臓《しんぞう》の音が聞こえやしないかと起きあがった。胸《むね》に手を当てる。

（……なんで？　……なんなの……）

動悸《どうき》はなかなかおさまらない。

そのとき、

「あれ、おまえらもう寝てんの？」

いきなり現れた暁生が部屋の明かりをつけた。わたしはまばたきをすると、のろのろとベッドの端《はし》に腰《こし》をかけた。

やっとつめたい水を飲んだあとみたいに、少しずつ呼吸《こきゅう》が落ちついてくる。暁生の足音や声が聞こえなかったほど動揺《どうよう》していたのだ。

でも――まだぼんやりしている。

わたしは暁生を見あげた。

そうだ、暁生はこの前から空手の道場に通いはじめたんだ……引きこもりになった中一のお兄ちゃんの暴力から、身を守るために。

そう、道場が終わると、暁生は自分の家ではなくうちにもどってくる……。

「ミド、寝ぼけてんの？　ほら、サクヤも起きろよ！　おばちゃんが餃子《ぎょうざ》、手伝えってよ」

「え？　餃子？」

暁生の大声に咲野が起きあがった。咲野は寝起きもいい。それに、餃子が大好きなのだ。

「あ、でも、おばちゃん、怒《おこ》ってなかった？」

咲野の表情がくもってくる。

「なんで？　おばちゃん、いつもやさしいじゃん」

「――そっかなあ」

口をとがらすと、咲野はベッドからおりた。

「うちのオバさんと大ちがい。ミドのおばちゃん、働いててもちゃんと飯作ってくれるし、すげえうまいし」

「ふーん、餌《え》づけされてるからね、アキオは」

咲野がわたしにくすっと笑いかけ、肩《かた》をすくめると、部屋を出ていく。

わたしはどんな表情をしていたのだろう。

「なんだよ、おれ、犬じゃねぇぞ」

暁生も咲野を追って、階段《かいだん》をおりていった。

わたしはまだベッドの端《はし》から動けずにいた。


咲野に感じたあの衝撃《しょうげき》は、わたしの何を呼《よ》び覚《さ》ましたのだろう。

九歳《さい》だったあのとき。

まだわかっていなかった。

――いや、ぼんやりとわかっていたような気もする。でも、気づかないふりをした。

そして、そのままずっと、なんとかやりすごしてきたのだ。認《みと》めないかぎり、自分をごまかすことができた。

暗闇《くらやみ》の中で膝《ひざ》をかかえてうずくまっていたわたしを引きずりだしたのは、枇々木眩《ひびきげん》だ。

3

咲野《さくや》と暁生《あきお》とわたし。

わたしたちは、中学もおなじ学校に入学した。

一年生では三人ともクラスが分かれ、わたしはまたもや咲野とおなじクラスにはなれなかった。中学校は、小学校より一クラス増えて四クラス。進級しても咲野とおなじクラスになれる確率はさらに低くなった、と半ばあきらめていたのに——二年生になって、やっとおなじクラスになれたのだ。


中学二年生。

少しずつわたしたちの生活も変化しはじめていた。

暁生は夏休み前になって突然《とつぜん》、空手をやめ、陸上部に入部した。もともと暁生は、やりたくて空手を習いはじめたわけではない。

中学一年のときから引きこもったままの四歳《さい》年上の兄を、片手でおさえこめるくらい強くなったので、もうこれで充分《じゅうぶん》、と決意したという。

「でもさ、お兄ちゃんの手、つかんだらヤバいくらいヘナヘナだったんだ」

暁生は複雑な表情で告げた。

それに暁生は空手をやっていて、自分が好きなのは走ることだと気がついたらしい。

「ミドもやりたくないことやったら、やりたいことが見えてくるぞ」

暁生はわかったようなことを言った。

咲野は中一の終わりから、クラスメイトの高中友麻《たかなかゆま》にさそわれてヒップホップダンスの同好会に参加した。二年生になっても帰宅部《きたくぶ》なのは、わたしだけだ。

枇々木眩《ひびきげん》と出会ったのは、そんな中学二年の九月。夏休みが終わって、二学期が始まったばかりだった。

夕暮《ゆうぐ》れ近い満天川《まんてんがわ》の川岸には、まだ夏の気配《けはい》がのこっていた。それでも、ときおり吹《ふ》きすぎていく風のしっぽは、もうひんやりとしている。

暁生とわたしは、護岸《ごがん》工事が完成したばかりの川岸の石段《いしだん》にすわって、咲野を待っていた。

満天川の川岸は石段も新しくなり、遊歩道も整備された。来年の春、川岸の桜並木《さくらなみき》は大勢の花見客でにぎわうだろう。

咲野はまだ来ない。

咲野の父親はこの夏、脳梗塞《のうこうそく》で倒《たお》れ、その上、心臓《しんぞう》の手術まで行った。咲野は夏休みのほとんどを母親と交代《こうたい》で病院に通っていた。父親の経過は良好で、もうすぐ退院だと聞いているが、咲野は今日も病院に行っている。

暁生も夏休みは陸上部の練習で忙《いそが》しくて、三人でゆっくり会うのはひさしぶりだった。どうせなら、生まれかわった川岸で落ちあおう、と暁生が提案したのだ。

「きれいになったけど、わたし、昔の川の方が好きだな」

ジオラマのような人工的な川になったが、昔どおりカモが悠然《ゆうぜん》と泳いでいる。

「今、おれもそう言おうと思ってたとこ。よく土手で遊んだよな」

「土筆《つくし》とったりね。サクヤが川に落ちたこともあったね。浅くてよかったけど」

満天川は、うちから歩いて十分くらい。あの頃《ころ》はすごく遠くに感じた。子どもだけで行ってはいけないと、幼稚園《ようちえん》でも注意されていたけれど、守ったことはなかった。

「なんかカモも前の方が居心地《いごこち》よさげじゃね？　って、しっかし、ここのカモ、ほんと、うまそうだなあ」

わたしは思わず吹《ふ》きだす。

そのセリフは何度も聞いている。カモを見ると、暁生は反射的《はんしゃてき》に「鴨《かも》なんばん」を思い出すらしい。

学校ではすましているくせに、三人で会うときの暁生は幼《おさな》い頃のままだ。

小学五年の頃《ころ》、咲野と暁生がうわさになって、からかわれるはめにおちいった。暁生より咲野が迷惑《めいわく》がり、「気軽に話しかけるな！」と暁生に命令したのだ。それ以来、暁生はぎこちないくらい、わたしにも学校では素知らぬ顔をしている。

「アキオ、また背《せ》が伸《の》びた？　いいなあ」

ため息をついたわたしに、

「ミドだって伸びてるだろ。横に」

暁生がからかうように笑う。わたしがムッとしたそのとき、

「井辻《いつじ》！」

石段《いしだん》の上の遊歩道で、自転車の急ブレーキがかかると同時に、大声が響《ひび》いた。

「あれ、枇々木？」

暁生が伸びあがって、遊歩道を見あげる。

枇々木、とよばれた少年はあせったように自転車を倒《たお》し、石段を二、三段とびこしておりてきながら、

「井辻、おまえ、なんで急にやめたんだ！」

たまっていた怒《いか》りをぶつけるようにさけんだ。わたしは、暁生よりさらに背の高い「枇々木」を見あげていた。きりっと引きしまった顔つき。紹介《しょうかい》されなくても暁生の空手仲間だとわかった。

「ごめん、ごめん。夏休み前に速攻《そっこう》で決めたんで、だれにも会えなかったんだ」

暁生は白い歯を見せる。暁生のわるびれない反応《はんのう》に、枇々木は肩《かた》すかしを食ったように、ふっと力をぬいた。そして、わたしの存在《そんざい》にやっと気がついたのか、

「あ、今、ヤバかった？」

あわてて体を引く。わたしを暁生のカノジョだとかんちがいしたらしい。

「ちがう、ちがう」

暁生がにやっと笑い、わたしもこまって首を大きく横にふった。

「幼《おさな》なじみ。幼稚園《ようちえん》からずっといっしょの――」

そのとき、上の遊歩道でまた、けたたましく自転車のベルが鳴って、

「ただいま参上～！」

咲野が元気よく自転車をとびおりる。

「あ、あいつも幼なじみ」

石段《いしだん》をピョンピョンとおりてくる咲野を、暁生がおかしそうに目でしめした。

「遅《おそ》くなってゴメン……」

ふいに咲野が、石段の途中《とちゅう》で足をとめた。

「あれ？　枇々木眩？」

「そういうおまえは、芦原《あしはら》咲野？」

枇々木眩が笑った。

わたしはびっくりして、咲野と枇々木眩を交互に見やる。

「え～！　サクヤ、枇々木のこと知ってた？」

暁生も意外だというように、二人を見くらべている。

「うん。塾《じゅく》でいっしょだし」

「なーんだ、ならミドも？」

「知らないよ。わたし、クラスちがうから」

わたしはあわてて否定《ひてい》した。

咲野にくっついて、わたしも四月から週に二回塾に通いはじめたのだが、入塾テストであっけなくクラスが分けられてしまった。わたしはBクラス。もちろん咲野は一番上、英才コースのAクラス。

枇々木眩も、そのAクラスなのだ。

「クラスちがったっておなじ塾だろ？　こいつとおれ、その昔、道場でいっしょだったんだ」

「早くも過去形か」

眩が苦笑している。

年上かと思ったが、眩はおなじ学年らしい。

わたしは、くだけた口調《くちょう》でしゃべりあう三人を、置いてけぼりになったような気持ちでながめていた。わたしの知らないところで、三人はつながっていたのだ。

咲野が笑顔のままふりむく。

「ミド、塾で枇々木、見たことない？　木曜日はおなじ教室使ってんだよ」

「……気がつかなかった」

わたしは咲野から視線《しせん》を落とした。

Aクラスの授業は月曜日と木曜日。Bクラスは火曜日と木曜日。木曜は咲野と重なるが、授業の時間帯がちがうのだ。Bクラスのあと、Aクラスがおなじ教室を使う。入れかわるとき、枇々木眩を見かけたかもしれないが、記憶《きおく》になかった。

「ぼくも覚えないなあ。ミド？　ソがついてたら気がついてたかもな」

眩が軽口をたたいた。笑ったのは暁生だけだ。

「ミドはね、音符《おんぷ》でも色でもなくて『香椎水鳥《かしいみどり》』！」

咲野がまじめに訂正《ていせい》してくれる。

「そう。お、かしいみどり」

アキオ！　と咲野は軽くにらみつけ、

「ミドリは、水の鳥って書くの！」

咲野はむきになっている。わたしの名前のことくらいで。思わず顔がほころんでくる。

「水の鳥で……香椎水鳥？」

眩が真顔になった。初めてまともにわたしと向きあう。そして、眩はわたしを見つめたまま、思いもかけないことを口にしたのだ。

「そう……きみが『香椎水鳥』か。どんな子かなって思ってた」

「えっ、何それ?」

咲野が声をあげ、

「マジ? ミドってそんな有名?」

暁生もおどろいている。二人にはかまわず、

「――きみのノート、ぼくが持ってる」

眩が抑揚《よくよう》のない声で告げた。

「えっ!?」

わたしは、いきなり重い物を投げつけられたようにふらついた。

「塾で拾ったんだ」

(そんな……)

うろたえて、わたしの反応《はんのう》は鈍《にぶ》くなる。

文庫本サイズのそのノートをなくしたのは、夏休み前だ。塾に置《お》き忘《わす》れたとしか考えられず、すぐに問い合わせたが、見つからなかった。

そのノートに最初のうちは、塾の予定や紹介《しょうかい》された参考書などをまじめに書いていたのだが、そのうち、講師たちの似顔絵や心に浮《う》かんだつぶやきのような言葉を書きとめるようになった。

ヘタな似顔絵も見られたくないが、それ以上に「つぶやき」はだれにも読まれたくない。なくしたのは塾《じゅく》ではなかったのかもしれないと思って、交番にも届《とど》けた。裏表紙《うらびょうし》に名前も書いてあるのだ。

どこに消えたのだろう。見当もつかず、ずっともやもやしていた。

そのノートを、枇々木眩が持っていた……。

「なんですぐ返さなかったの？」

咲野がムッとしたように腕《うで》を組む。咲野がかわりに抗議《こうぎ》してくれたので、わたしは少し落ちついてくる。

眩は特別すまなそうな様子《ようす》も見せず、

「わるかった。すぐに届けるつもりだったんだけど……ついパラっと中を見ちゃったんだ。そしたら、なんか、ぐっと……中の詩にグッときちゃって」

ちらりとわたしを見やった。

わたしはまたドキッとしてうつむく。

拾われたと聞いた瞬間《しゅんかん》、当然読まれただろう、と覚悟《かくご》はしたが——。

もう消えてしまいたい。

「なんだ？『中野氏をググった』って？」

「ノートの中の詩、ポエムにグッときたってこと！」

咲野が（ぼんくら！）と言いたげに暁生を横目で見やって、腕をほどく。

「え？　ポエムって詩だよな？　え〜！　ミド、おまえ、詩なんかマジ書いてたんだ⁉」

暁生が大げさに声をはりあげる。

「すごくいい詩だったんだ。ゆっくり読みたくなって借りて帰った。次の日には塾に届けるつもりだったんだけど……なんか、曲つけたくなっちゃって——」

「曲？　枇々木が？　ミドの詩に？」

暁生は目を見ひらきっぱなしだ。

「へーえ、どんな曲？」

「聴《き》きたい？」

眩が咲野に笑いかけている。

「とーぜん！」

「ノート返して……」

やっと抗議《こうぎ》したのに、咲野の大声にかき消される。

「すごいじゃないか、ミド。椛々木先生に気に入られるなんてさ。こいつ、センスいいんだよ。すげ～好みはっきりしてるけど。へえ、ミドの詩に椛々木が曲をねえ。おれもそれ、聴《き》きてえ～！」

暁生が吠《ほ》える。

「やめて……ほんとにやめて……」

「照れんなよ、ミド」

暁生がわたしの背《せ》をたたいた。

照れてなんかいない。こまるのだ。いやなのだ。目で必死にうったえても、二人ともすっかり興奮《こうふん》している。

「早く聴きたい！　そうだ、ね、椛々木のライブ、明日の土曜ってどう？」

咲野が仕切りはじめる。

「よーし、それでいこう！」

「あたし、六時頃がいいな」

「わかった、じゃあ、ギター持って井辻んち行くよ」

眩ものってきた。

「いや、おれんちじゃなくてミドんち」

わたし抜《ぬ》きで、勝手に話が進んでいく。

「楽しみだね！　もう、ミドったらぁ、こっそり詩なんか書いちゃったりしてぇ」

咲野が大げさにつつく。

咲野と暁生があんまり楽しそうなので、わたしはそれ以上何も言えなくなってしまった。

それに、少しだけ聴いてみたい気もしたのだ。わたしの想《おも》いからあふれ出た言葉――それにつけられたメロディーを。

4

ときどき　地球をとびおりてしまいたい
だれにもいえないんなら
言葉なんていらないよね

だれにもいえないけど
自分だけは知っている　この気持ち
自分が自分を笑う
そんなにおかしい？
そんなにみにくい？
そんなにかなしい？

地球からとびおりたいよ
パラシュートで
言葉なんてない星に行きたい
この気持ち　だれも知らないところに

でも　たったひとり
わかってほしいよ　この気持ち
一瞬《いっしゅん》でいい　夢の中でいいから

歌いおわった眩《げん》がギターをかたわらに置いたあと、少しの間、だれも口をひらかなかった。わたしも風船につかまって飛んでいるような、ふわふわした気分のまま着地できずにいた。ギターをかかえ暁生《あきお》とうちにやってきた眩が、リビングのソファで歌いだすまで、わたしはずっと落ちつかなかった。このなりゆきにいらだってもいた。けれど、その歌声を聴《き》いたとたん、胸《むね》のうちのもやもやした感情が、炭酸水にとけるようにスッと消えていった。

眩の、高くも低くもない、羽毛のようなやわらかな声が心をくすぐっていく。

どんな曲なのか不安だったが思いのほか、やさしくしずかなメロディーだった。

音楽って不思議だ。

眩が歌うその歌は、たしかに自分が書いた「言葉」だ。けれど、聴《き》いているうちに、まったく無関係のような気がしてきて、気恥《きは》ずかしさがうすれていく。

「おまえ、いい声だなあ」

最初に口をひらいたのは暁生だ。

「めっちゃ、いい！　この歌、ユーチューブにアップしたら、ヒットするんじゃね？」

「そお？　きれいな曲だけど、でも、どっかで聴いたっぽい」

咲野《さくや》は手きびしい。

「自分でもそう思うよ」

あっさりと眩は認《みと》めた。

「まあ、初めてつくった曲だからね」

「え～！　初めて？」

「にしちゃ、すげえな」

咲野と暁生が顔を見合わせている。

「そんだけミドの詩にググったんだ、な？」

暁生に肩《かた》をたたかれて、眩は曖昧《あいまい》な笑みを浮《う》かべている。

わたしは――どんな態度《たいど》をとったらいいのかわからず、下を向いた。

「でも……あれって恋《こい》の詩《うた》だよね？　ミド」

咲野がからかうようにわたしをのぞきこむ。

「え～、恋の詩!?」

「アキオったら、歌詞《かし》、聴いてなかったの？」

「おれ、枇々木《ひびき》の声にハマりこんでたからさ」

「それ、かなりうれしい」

笑いながら眩はギターをまたかかえた。

「どんな詩だったっけ？　って、え？　ミド、まさか、おまえ恋してんの？」

仰天《ぎょうてん》したような暁生をはぐらかし、

「ノート返して！」

わたしはあせって、にらみつけるように眩と向きあった。やっと主張できた。

「あ、そうだった、ごめん」

ギターを置き、眩は床《ゆか》に置いていた黒いリュックから、ノートをとりだす。

表紙にパステルカラーの小花のイラストが散った――まぎれもなくわたしのノートだ。

「見して！」

あっという間に咲野に奪《うば》われる。ぱらぱらとノートをめくっていた咲野は、

「なによ、詩よりいたずら書きばっかじゃない。あ、これ『バーコード』？　ヤバっ、そっくり！」

咲野が似顔絵を見て吹《ふ》きだしている。塾《じゅく》にバーコード頭の講師がいるのだ。

「特徴《とくちょう》つかんでるよね」

のぞいた眩が咲野とうなずきあったそのすきに、わたしは咲野からノートをとりかえした。

「まだ詩、ちゃんと読んでなーい！」

「だ～め」

わたしは後ろ手にノートを隠《かく》す。

やっと、とりもどした。

これはだれが見てもただの雑記帳だ。きっと、読まれても何もわからない……。

でも、これ以上は、だめ。

ノートをコーナーの飾《かざ》り棚《だな》の引き出しにしまう。眩の視線《しせん》を感じた。

「香椎《かしい》さん、まだ答えていないよ。さっきの井辻《いつじ》の質問。――恋《こい》してんの？」

眩の、からかいながらもつっかかってくるような口調《くちょう》に、胸《むね》がざわついてくる。出会ったときからそうだ。眩には、わけのわからないいらだちを感じていた。

「え～、でもさ、ミドに好きなやついるんなら、一番におれたちに話すはずだよ。な？」

暁生がわたしをふりかえって確認《かくにん》する。

「そんな人、いるわけないでしょ！」

わたしはきっぱりと否定《ひてい》した。苦々しい怒《いか》りに、のどがふるえてくる。

「もう、いやんなっちゃう！　ちょっと書いただけなのに――。漫画《まんが》、読んだの、片想《かたおも》いの。そしたら、なんかやたら主人公の気持ちに同化しちゃって……授業中、退屈《たいくつ》だったから浮《う》かんできたこと書いてみただけ……ほんとにそれだけなのに！」

一気にそう言って、わたしはふっと肩《かた》の力をぬいた。

まさか、ノートを拾われるなんて。それを返してもくれず、その上、曲までつけちゃうなんて！

眩にぶつけたい言葉が、胸に渦《うず》まいている。

息をすいこんだとき、

「うん、そういうの、ちょっとわかるな。おれもさ、腹《はら》いっぱいなのに、グルメ漫画《まんが》読んだらすぐ腹減ってくるもん。それだろ？」

こういうとき、わかったようなことを言う暁生には、いつも助けられる。

張《は》りつめていた気がゆるんで、

「そうかも……」

わたしはうなずいていた。

「てか、ほんとに腹減ってきたなあ」

「焼きそばならすぐ作れるよ」

これで話題をかえられる。ほっとしてわたしがカウンターの向こうのキッチンに行きかけると、

「よし、作ろう！　サラダもね」

すかさず咲野もついてくる。暁生はすばやく先回りして冷蔵庫《れいぞうこ》をあけて、ペットボトルのお茶をとりだしていた。

「枇々木も食ってけよ」

暁生に声をかけられ、眩はとまどったようにソファから立ちあがった。

「あ、ああ。いいのか？　人んちで」

「いいんだ。ミドんちは半分おれらんちでもあるんだ。な、サクヤ」

キャベツを洗《あら》いながら、後《うし》ろ姿《すがた》の咲野もうなずいている。

「ガキんときから、ずっとここんちに入りびたってってからね。うち、悲惨《ひさん》だったし」

暁生は引きこもりの兄のことを、映画《えいが》の解説をするように話している。父親と兄が激突《げきとつ》して、そのとばっちりが自分に向けられたこと。

「お兄ちゃんになぐられて、夜中、よくミドんちに逃《に》げてきたよな。そっとしのびこんで、二階のミドの部屋で寝《ね》ちゃったこともあったなあ」

「そういえば、朝、目が覚めたらアキオが床《ゆか》でダンゴムシみたいに丸まって寝てたね。あのときは、びっくりした」

わたしは思い出し笑いをする。

「ええっ？　それってかなりヤバいな」

眩が意味ありげにわたしを見やった。

「ヤバいって？」

わたしの声がきつくなる。眩の言い方がカンにさわった。

「だって、女の部屋だろ？」

「なんで？　すぐ女だの男だのって、そんなやらしい見方しないでよね。アキオはあの頃、必死だったんだから！」

わたしの剣幕《けんまく》に、眩の表情が引きしまった。

「……たしかに。ぼくはやらしいからな……わるかった」

しゅんとすると、眩は捨《す》てられた子犬みたいな目になるんだ――それ以上言いつのる気がしなくなって、わたしはだまった。

「枇々木、ご幼少《ようしょう》の頃のことだからさ。さすがに今は、いくらおれでも」

暁生が照れたように笑い、キャベツをきざみながら、咲野もくくっと背中《せなか》をゆらしている。

「ほんと、きみたち、仲いいんだね」

つぶやくと、眩はまたソファにすわりなおした。ギターを膝《ひざ》にのせ、適当に爪弾《つまび》きはじめる。ただそれだけなのに、美しい音色《ねいろ》が生まれる。

眩はカウンターをこえて、わたしたちのいるキッチンに来ようとはしなかった。

枇々木眩は、小学校から都心の私立《しりつ》の男子校に通っているという。おなじ町に住んでいても、わたしたちと接点などないはずだったのだ。

咲野と暁生とわたし。

小学生の頃から、三人でよく食事を作った。

野菜炒《やさいいた》め、ラーメン、オムライスにカレー、ビーフシチューと、だんだん腕《うで》をあげていった。三人で作るとなんでも早い。

いつのまにか、ギターの音色がやんでいる。カウンターごしに、眩がわたしたちをぼんやりとながめていた。そのとりとめのない眩の視線《しせん》に、わたしは落ちつかなくなってくる。

わたしのノート。

わたしの――あの「言葉」のどこが眩の心に触《ふ》れ、あのメロディーが生まれたのだろう。ただのつぶやき。でも、ほんとうのこと。それを読まれて――そして、ぴったりのメロディーをつけられたことに、ざわつくような不安がわいてくる。

咲野も暁生も、この場に眩がいるのが自然のようにうちとけていた。当然だ。知り合いだったのだから――。

わたしだけがぎこちない。

早く帰ってほしい。

だから、焼きそばを食べ終えた眩が立ちあがったとき、心底ほっとした。

眩はこれからDVDを借りにいくという。さそわれた暁生はすぐにのって「財布《さいふ》をとってくる」と先にうちを出ていった。あとから玄関《げんかん》に向かった眩を、

「あ、枇々木くん、ギター！」

わたしはあわててギターケースをかかえ、玄関まで追った。眩がふりむく。

「あ、それここに置いといて」

さりげなく言われて、

「え？」

一瞬《いっしゅん》、ひるんでしまった。

「うちじゃ、だれもいないときしか弾《ひ》けないからね、うるさがられるんだ」

そう言い残すと、眩はあっという間に玄関から出ていく。断るすきもなかった。

もうこれきりだと思っていたのに、枇々木眩はまたうちに来る気なのだ。

「ギター、置いていかれちゃった……」

リビングにもどり、下げた食器を洗《あら》っていた咲野にうったえる。してやられたような気分だったのに、

「へーえ、突《つ》っ返《かえ》せばよかったじゃん」

咲野はふりかえりもせず、そう言った。

瞬間《しゅんかん》、わたしはドキッとする。

その言い方のどこかに、小さな棘《とげ》を感じた。咲野はふだんからぶっきらぼうだが、こんなそっけない言い方はあまりしない。

「できなかったんだよ……こわくって」

心底、わたしが困惑《こんわく》しているのが伝わったのか、

「そっか。たしかに枇々木は一見こわいかもね。上から目線だし」

笑いながら咲野がふりむいたので、ほっとする。さっき感じた違和感《いわかん》は思いすごしだったのだ。

「苦手だな、あんなタイプ……」

咲野が洗った食器をふいていく。

「あれでやさしいとこもあるんだよ、枇々木って」

「人のノート、返さないで？」

思い出すと、またムカムカしてきた。一応、あやまってはくれたが、本心からだとは感じられなかった。

「いいじゃん。あんなすてきな曲つけてもらったんだから」

わたしはだまった。また奇妙《きみょう》なズレを感じた。

今夜の咲野とは、どこか気持ちが重ならない。

「枇々木はね、あれでけっこう、モテモテなんだよ。あいつ、とりあえず顔面偏差値《がんめんへんさち》も高いからさ」

食器を洗い終わり、咲野は手をふいている。

「……だけど、ほんと意外だったたな。ミドがあんな詩書いてたなんて。ちっとも知らなかった」

からかうような、どこか責めるような目線でのぞきこまれ、わたしは困惑《こんわく》して、

「……ただのいたずら書きだって」

小声で言い訳《いわけ》したが――動揺《どうよう》していた。咲野も誤解《ごかい》してる？　それだけはいやだ。

わたしは咲野の方をまっすぐに向いた。

「言っとくけど、サクヤ、わたし、好きな子なんていないからね！」

むきになってそう宣言《せんげん》すると、咲野が吹《ふ》きだした。

「そんなマジになんなくてもわかってるって。ミドが恋《こい》に恋するタイプって知ってるもん。そんな子がいたらミド、絶対《ぜったい》あたしに言ってるよねっ？」

「そうだよ！　サクヤには絶対！」

泣きたいほど力をこめて、わたしは返した。

そう……言えるものならば……。

胸《むね》の底から霧《きり》がわいてくる。わたしは咲野からそっと目をそらす。

「あたしもミドには必ず言うよ」

「……倉田《くらた》くんや松尾《まつお》くんは……？」

おそるおそるたずねてみる。

おなじ学年の倉田くんも松尾くんも、咲野に夢中だとうわさになっている。とくに倉田くんには、何度もさそわれていた。

「二人ともピンとこないって言ったでしょ。あたし、ゆまポンみたいにあちこち好きになれないんだよね。ほんと、ゆまポンって気が多いよねえ」

咲野が笑った。

ゆまポン――。

親しみをこめて咲野が高中友麻《たかなかゆま》の名前を口にするたびに、胸《むね》の亀裂《きれつ》がひろがっていく。

咲野は友麻が今だれに夢中なのか、いちいちわたしにレポートしてくれる。ダンスのレッスンのあと、友麻と話しこむことも多くなった。

わたしはだまったまま、食器をゆっくりと棚《たな》にしまっていく。

咲野は高中友麻のさそいに根負けして、中一からヒップホップダンスの同好会に加わった。最初はしぶしぶつきあっていた咲野だが、今はけっこう夢中になっている。

咲野は体を動かすことが好きで、もともとヒップホップミュージックもよく聴《き》いていた。

咲野とわたしとは好みがちがう。それにわたしは、スポーツもダンスも苦手だ。

咲野がわたしに声をかけてくれなかったのは、そのことを知っていたからだ。

それがわかっていても、同好会に参加する気さえなかったのに、わたしはさびしかった。

中学生になってから、わたしの知らない咲野の時間がどんどん増えていく。

どうしようもない……。

こんなにとりのこされたような気分になるわたしがヘンなのだ。すごくヘンなのだ。

5

二年A組。咲野《さくや》とおなじクラス。

あんなに学校での時間を咲野と共有したいと願っていたのに。

「やっとミドと当たった！」

咲野もうれしそうにハイタッチしたのに。

クラス替《が》えの発表があったあの日、ふくらんだ気持ちはつかの間で、

「わあ～！　さっくん！　またいっしょだねっ！」

高中友麻《たかなかゆま》の甲高《かんだか》い声が針《はり》になって、一瞬《いっしゅん》のうちにしぼんでいった。

友麻と咲野は、一年のときからおなじクラス。

咲野と仲良くなった友麻は、咲野のことをいつのまにか「さっくん」とよぶようになっていた。わたしはそのよび方が大きらいだ。鳥肌《とりはだ》がたつくらい。それでも、咲野が気にしていないので、何も言えない。

一年のときも、咲野に会いにD組に行くと、もれなく友麻が横にいて話に口を出してく

る。そして自然に咲野と友麻の共通の話題――ダンスの話になり、わたしは聞いているしかなくなる。友麻にバリアをはられているようでD組に行くことも遠のいていった。

友麻に対しての不快感。咲野が友麻のことを受け入れていることにも腹《はら》が立つ。

でも、そんなこと言えない……。

高中友麻は、意地悪でも感じのわるい子でもなかった。むしろ反対だ。明るくて如才《じょさい》ない。

友麻とわたしは相性《あいしょう》がわるい――咲野は単純《たんじゅん》にそう判断したらしい。できるだけ顔を合わせないようにしていたのに――その友麻とも二年になっておなじクラスになってしまったのだ。


咲野とわたしは毎朝、いっしょに登校する。小学校時代からの習慣。毎日話しているのに、話題はつきない。けれど、いっしょなのは二年A組の教室に入るまで。

「おはよ！　さっくん！」

友麻に声をかけられ、咲野も笑いながらわたしからはなれていく。背《せ》の高い友麻と咲野の席は近いのだ。

わたしは前方の自分の席につき、近くの繁沢《しげさわ》さんたちと声をかけあう。

教室の後ろから、高い笑い声が聞こえてくる。

咲野をかこんだ友麻たちの明るい声。活発で成績もいい子たちの声は、自信に満ちている。

わたしは縮《ちぢ》こまり……そんな自分がみじめに思えてきて、さらに小さくなってしまう。

小学校の頃《ころ》だって、咲野にはわたし以外の友だちはたくさんいた。わたしもおなじだ。

それぞれのクラスに仲のいい子がいて、誕生会《たんじょうかい》によばれるのも別々だった。

けれど、どんなに気の合った友だちができても、咲野だけは特別だった。そして咲野にも、わたし以上の友だちができるなんて考えられなかった。

でも、中学生になってからはちがう。

咲野は友麻と話しているときの方が、いきいきしているように感じた。笑顔も多い。

咲野と友麻は、ダンスだけでなく、好きなゲームもタレントも共通している。わたしといっしょのときには出ない話題——。

(おなじクラスになんて、ならなきゃよかった)

あんなに願っていたのに、今は咲野とおなじ教室にいることが、ちくちくと痛《いた》い。

わたしはヘンなのだ。

自分でも持てあますくらい重い感情がふくらんできている。

でも、それを絶対《ぜったい》に表に出してはいけない。隠《かく》さなくちゃならない。

「ミド、ごめーん、今日はさ、先に帰って」

放課後、廊下《ろうか》の窓《まど》から校庭を走る暁生《あきお》をながめながら咲野を待っていた。咲野は友麻に引きとめられて、教室で話しこんでいる。

週に二回、咲野が塾《じゅく》のある日は、いっしょに帰れる。月曜日と木曜日。あとの曜日は、ダンスのレッスン。部活とはまだ認《みと》められていないので、近所の体育センターに数人で集まっているらしい。

「なんか、ゆまポン落ちこんでんだ。相談あるっていうからさ」

咲野が眉《まゆ》を寄せた。校則違反《いはん》だが友麻の影響《えいきょう》で、この頃咲野も眉をこっそり整えている。

「いいよ」

わたしは無理に笑顔をつくった。

「山脇《やまわき》のことだよ。あたしに話したって、聞くだけだけどさ、じゃあね、あとで寄るね」

咲野は小声で告げると、片手を上げた。

友麻は今、テニス部の山脇くんに熱を上げている。今回は持続していると咲野が言っていた。咲野は教室にもどるまで、二度もふりかえって笑いかけてきた。

かわっていないのだ、咲野は。

小さい頃とおなじ、さりげなくわたしに気をつかってくれる。

わたしも笑って咲野に手をふった。


陸上部の暁生は、真剣《しんけん》な顔つきで、グラウンドを何周もまわっている。

「あんなぐるぐるまわって、アキオ、何がおもしろいの？」

いつか、あきれたように咲野に聞かれて、

「おれもフニャフニャ、タコみたいなあれが、ダンスかと疑《うたが》ってる」

暁生が言いかえした。二人の息の合ったかけあい。それを笑いながら聞いているのが、わたしは好きだ。

校庭のすみでは、下級生の女の子が二人、走っている暁生を見つめていた。暁生にもファンがいるのだ。

「アキオ、だまってればイケメンだよね」

おかしそうに咲野がそう評していた。

中学校からうちまでは十五分くらい。

満天橋《まんてんばし》をわたる。

わたしはふと、足をゆるめた。

先週の金曜日、あの川岸の石段《いしだん》で、枇々木眩《ひびきげん》と会ったのだ。翌日の土曜日にはうちに来て、眩はギターを置いたまま帰ってしまった。

♪地球からとびおりたいよ
　パラシュートで
　言葉なんてない星に行きたい
　この気持ち　だれも知らないところに

ふいに眩の歌声がよみがえってきて、わたしは逃《のが》れるように足早になる。

枇々木眩のことを思い出すと、苦い胸《むな》さわぎがわきあがってくる。

奇妙《きみょう》なやつ。とらえどころがなくて――。

あのギターを、なんとか早く返したい。

家に帰ると、テーブルの上に母親のメモがあった。

——カレーをたくさん作っておいたから、みんなで食べなさい。

母親は出勤《しゅっきん》の日、必ず簡単《かんたん》なメモを置いていく。タクシーの運転手の仕事が母親にとってなぜ必要だったのか——今頃になって、わたしは少しずつわかりはじめていた。

毎日、巻《ま》かれるように日暮《ひぐ》れが早くなっていく。

リビングのテーブルにひろげた数学の参考書の手もとが暗くなり、立ちあがって明かりをつけたとき、玄関《げんかん》のチャイムが鳴った。

「ミド～！　また閉め出されたぁ」

玄関から暁生が、よろよろと倒《たお》れこむように入ってきたと思ったら、

「お、カレーの匂《にお》い！」

急にシャキッとして、目をかがやかせる。

「五〇〇〇は走ったんだぞ。もう、はしごのぼる気ナッシング。でも、カレーがあるなら」

リビングに入ると、暁生はソファにカバンを投げだした。

「カレーはあと！　その前に、シャワー浴びといで」

「え？　やっぱおれ、くさい？」

わたしは笑って、制服姿《せいふくすがた》の暁生に父親のグレーのジャージとタオルをわたした。夏前、休暇《きゅうか》でシンガポールから帰ってきたとき、母親が用意したものだ。父親は三か月に一回ほど、長めの休暇をもらってもどってくる。

浴室からシャワーの水音が聞こえてきた。

最近、暁生は何度もうちでシャワーを使っている。家族が留守《るす》の間、暁生の兄が家中の鍵《かぎ》をかけてしまい、閉め出されるからだ。

そんなとき、暁生ははしごを使って二階の自室に窓から入る。しかし今日、暁生にそんな元気は残っていなかったのだろう。

暁生の兄。たしか大輝《だいき》といった。小さい頃会ったきりなので、もう顔も思い出せない。大輝はわたしたちより四つ年上だから、もう十八歳《さい》になるはずだ。

大輝がなぜ引きこもったのか、暁生もよくわからないという。暁生の家には、わたしも咲野も小さい頃、何回か行っただけだ。

おしゃれだった暁生のママは、たまに出会うと、疲《つか》れきった表情を隠《かく》せない。パパは月の何分の一か、カプセルホテルに泊《と》まっているらしい。

「シンガポールもカプセルも、心理的距離《きょり》はそんなにちがいはないぞ」

暁生はそう言って、父親不在のわたしをなぐさめてくれた。

両親でさえも大輝にはさじを投げているというのに、暁生は希望を捨《す》てていないのだ。

「これ、いい傾向《けいこう》だって思うんだ。お兄ちゃん、長いこと自分の部屋からも出なかったんだぞ。それが部屋出て、家の中あちこち鍵かけてまわるって、すごい成長だと思わないか？」

さっぱりした暁生から、シャンプーの香《かお》りがただよってくる。それにカレーの匂《にお》いがまじって、微妙《びみょう》なアクセントをつけている。暁生はわたしの三倍の速さで大盛《おおも》りカレーをたいらげながらしゃべるので、せわしない。もう二杯目《はいめ》だ。

「これ、なんかのメッセージじゃないかって思ってさ」

「……なんの？」

「外に出たいっていう」

「そうかな……」

「それで、お兄ちゃん、玄関《げんかん》出て、まずコンビニ行くかもな。それから、どんどん歩いてバスに乗って」

暁生が「希望的観測」をしゃべりまくっている。その明るい口調《くちょう》が、わたしを切なくさせる。暁生っていいなあ、と思う。

ふいに、暁生が寡黙《かもく》になった、と思ったら突然《とつぜん》、居眠《いねむ》りをはじめた。スプーンを落としそうだ。眠くなると暁生は突然で、場所を選ばない。わたしは暁生の手からスプーンをぬくと、

「ほら、食べながら寝《ね》ない！」

暁生の手を引っぱった。

「うん……ミドの部屋では寝れないんだぁ」

暁生は半分目をとじたまま、道徳的なことをつぶやいて、よろよろと立ちあがり、ソファにダイブした。

暁生はきっと、家でもよく眠れないのだろう。わたしは暁生に、そっとタオルケットをかける。

ため息がもれた。

いろんなことがわかってきた。

小さい頃は思いもしなかったこと――。

大人になるって、知りたくもないことを知ってしまうことなのかもしれない。

暁生はもう、寝息をたてている。

暁生を起こさないように、音を消してテレビをつける。見たい番組はなかったが、画面の中で人が動いているだけでも空気がにぎわってくる。


咲野は、塾《じゅく》の帰りには必ずうちに寄る。

玄関《げんかん》のドアの向こう側から、はなやいだ笑い声が聞こえたときから、いやな予感はあった。その予感は的中した。咲野の背後《はいご》に眩が立っている。思わず顔をゆがめてしまった。

「ミド、アキオいるよね」

咲野は笑い顔のままリビングに入っていく。

「あ、井辻《いつじ》にDVD貸す約束《やくそく》してたから――」

スニーカーを脱《ぬ》ぎながら、眩は言《い》い訳《わけ》のようにそう言って、わたしから目をそらした。

迷惑《めいわく》そうなわたしに気づいている。

けれど眩は素知らぬ顔でそのままうちに入ってくると、

「あれ？　井辻は？」

リビングを見まわした。

「そこで寝《ね》てるよ」

キッチンに直行している咲野にソファを指さされ、

「ええっ？　井辻、寝てんの？　ここで？」

おどろいたように目を見ひらいた。その眩の視線《しせん》がソファの背《せ》にかけてあった制服にくぎづけになっている。顔をあげた眩が、大人びた目でわたしをちらりと見た。

「そうなんだ、へーえ、井辻、香椎《かしい》さんとは、特別なんだ」

引っかかる言い方。……べとべとしたものを投げつけられたような口調《くちょう》――。

ムカッとして口をひらきかけたとき、

「アキオ、また閉め出されちゃったんでしょ。苦労するよねえ、うちでシャワーも浴びれないなんてさ」

カレーのなべをのぞきながら、咲野が眩に事情を説明している。

わたしのいらだちはまだおさまらない。

きつい表情で眩の方を向いた次の瞬間《しゅんかん》、わたしは思わず口をとじていた。

暁生の寝顔を見つめていた眩の眼差《まなざ》しが、あまりに切なげでやさしかったから――。

6

あの中学二年の秋のはじまり。

川岸で枇々木眩《ひびきげん》に会ったときから、わたしたち三人の鋼《はがね》の三角形はゆるみはじめていたのだ。

いつのまにか、三角形ではなく四角形になってしまった。

眩はわたしたちに自然にとけこみ、暁生《あきお》と咲野《さくや》は、以前からの仲間のように受け入れた。

咲野も暁生も眩と共通の話題が多い。トリビアの宝庫みたいな眩は、格闘技《かくとうぎ》の話題からヒップホップやラップについてもくわしかった。

わたしは平然とうちに出入りしはじめた眩が、しゃくにさわってたまらなかった。

けれど、咲野たちが歓迎《かんげい》しているのに、わたしひとり拒絶《きょぜつ》できない。咲野に心がせまいと思われたくなかった。

それに——眩が加わってから、わたしたちに新鮮《しんせん》な活気が生まれたのも本当だ。

眩にさそわれ、四人で出かけることが増えた。

ライブや映画《えいが》──昡は父親の仕事の関係で、招待券が手に入るらしい。タダだと知ると、暁生は練習がないかぎり、なんでもよろこんで参加する。咲野はロックのライブに感動し、わたしは初めて生《なま》で聴いたカルテットのコンサートに胸《むね》がときめいた。

「いろんな世界知りたいよね。知らなきゃ、好きかきらいかわからないんだから」

訳知《わけし》り顔《がお》でそう言う昡は、わたしたちよりずっと大人に思えた。

最後まで残った枯葉《かれは》が寒風にとばされていき、冬の真っただ中に突入《とつにゅう》した頃《ころ》──いつのまにか昡は、わたしたちの中心になっていた。

不満だったが、わたしはそれを受け入れるしかなかった。

試験勉強も自然にうちでするようになった。昡が通う私立《しりつ》の進学校は、わたしたちの中学より勉強の進み具合も速いらしい。

ぼんくら、とからかわれているのに、暁生は一番先に進路を決めていた。

陸上の強い高校に入ること。

できれば推薦《すいせん》をとりたいようだが、それには大会で少しでも速いタイムを出さなくてはならない。長距離《ちょうきょり》ランナーに目標をさだめた暁生は、ハードな練習に疲《つか》れて、うちに来るとすぐにソファに横になる。

「ほら、起きた！　推薦とるなら、内申も大事だぞ！」

眩は暁生にハッパをかけるのもうまかった。


咲野がリビングのテーブルで、眩と頭をつきあわせ、数学の問題を教えてもらっている。塾《じゅく》の講師より教え方がうまいと、咲野は眩にたよりっぱなしだ。わからないことがあっても、わたしは眩には絶対《ぜったい》にたずねない。眩もわたしには干渉《かんしょう》しなかった。

今もおなじテーブルの端《はし》で、わたしも英語の参考書をひらいていたが、とても集中なんかできない。

咲野のキラキラした笑顔。

眩を見つめるときのまばたき。

わたしは目をそむける。

また、おなじ疑《うたが》いがわいてくる。

もしかして……咲野は眩が好き？

（そんなことないよね？　サクヤ、好きになったら、わたしにすぐ言ってくれるって……）

わたしはまた、ちらちらと咲野をぬすみ見ながら、何度も目をきつくとじる。

何もかも消えてほしい。

目の前の眩と咲野。

——わたしの気持ち。

わたしはヘンなのだ。きっと異常《いじょう》なんだ。

わたしはわたしが大っきらいだ……。


勉強が終わると、眩はたまにギターを弾《ひ》いた。けれど、もうわたしの詩からつくった歌は歌わなかった。

「そろそろギター持って帰ったら？」

思いきっていやみっぽくそう言っても、

「いいじゃん、置いといたって。どうせゲン、ここでしか弾かないんでしょ？」

咲野にそう言われると、だまるしかなかった。

ゲン——咲野と暁生は自然にそうよびはじめ、眩もアキオ、サクヤ、と気軽によびすている。けれど、わたしのことだけは「香椎《かしい》さん」——境界線の向こうにいるように改まった言い方をした。わたしもかたくなに「枇々木《ひびき》くん」としかよばない。

十二月、新宿《しんじゅく》の「ミナミルミ」を見にいこうと言いだしたのも眩だ。

クリスマスシーズン、新宿駅の南口に幻想的《げんそうてき》な光の街が生まれることは、ネットのニュースで知っていた。

「おれ、キラキラなんて興味ねえなあ」

暁生は期末の成績もタイムも伸《の》びず、めずらしく落ちこんでいる。期末がさんざんだったのは、わたしもおなじだ。

「わたしもパス。寒いし」

わたしは即座《そくざ》に暁生に同調した。四人で出かけることにこの頃、気が重くなっていた。

四人の中で、わたしだけがとり残されたような疎外感《そがいかん》。それが外にいると、よけいはっきりしてきて、胸《むね》が押《お》しつぶされそうになる。電車に乗っていても、歩くときも、咲野は眩しか見ていない。

「ねえ、行こうよ、行こうよ、ミド」

咲野が鼻にかかった声でわたしをさそう。こんな声も、以前の咲野は出さなかった。

「ミドが行くなら、アキオも行くでしょ」

「どうすっかなあ」

暁生がとぼけている。

「いいよ、二人が行かないなら。ゲン、あたしたちだけで行く？　それとも、ゆまポンさそおうか」

わたしはドキッとして、「それはやめて！」とさけびそうになる。

「なんで高中？」

「ゆまポン、ゲンに興味あるみたいだからさ」

「あいつ、山脇《やまわき》とつきあってんだろ？」

「まだつきあってないよ。そーいうことじゃなくって」

咲野は暁生に言葉をにごした。

わたしは咲野から目をそらす。

やはり咲野は、友麻《ゆま》には話しているのだ。

眩のこと。もしかして……眩が好きだということ——。

十月の市民文化祭のとき、眩は友麻と顔を合わせている。一曲だけだったが、咲野たちヒップホップダンス同好会も出場した。

暁生が陸上の練習で行けないことはわかっていた。

いっしょに行く友だちはいなかったが、咲野の踊《おど》る姿《すがた》を観《み》たかった。けっきょく、わたしひとりで市民ホールに行くと、そこに眩も来ていたのだ。咲野にさそわれても、眩は行く気がなさそうだったのに。

眩を見つけたときの咲野のうれしそうな表情。意味ありげな目つきで、眩と咲野をちらちら見ていた友麻。

あのとき、気づいた。

咲野は眩のことを友麻に話している？

わたしには言ってくれないことを――。

「アキオと香椎さんが行かないならやめよう」

あっさりと眩が引きさがった。

「えええ～っ！」

あからさまにがっかりした咲野の大げさな態度《たいど》に、暁生が吹《ふ》きだす。

「なんだぁ、そんなに行きてえの？　サクヤがあんなキラキラ見たがるなんて意外だ。いいよ、なら、おれも行くよ」

笑いながら暁生がわたしを見やった。

「な、ミドも行くだろ？　だいたい、ミドの方がキラキラ好きかと思ったんだけどなあ」

「じゃ、きまりだな。いつがいい？」

眩はわたしの返事を待たず、咲野に問いかけている。苦笑しながら、わたしはうなずいた。


冬の日没《にちぼつ》は、なぜこんなに急いでいるのだろう。

五時をすぎると、心細くなるほど街は薄闇《うすやみ》におおわれてしまう。

「ミナミルミ」は光のキラキラ――その渦《うず》の中を通りぬけたい人々で混雑していた。

ピンクやブルー、グリーン、白の光は、日が暮《く》れるにつれ、さらに深まった闇の中にくっきりと浮《う》かびあがってくる。遠くから見ると、砂漠《さばく》のオアシスのようだ。たどりつけそうもないイルミネーションの泉《いずみ》。けれど、やっとその光の中に入ったとたん、もっと遠くなる光――。

追いかけても追いかけてもたどりつけない。

わたしが求めているもの……永遠に遠くにあるもの。

つめたくてやさしいブルー、白のライトのしぶきが目の奥《おく》でにじんでいく。ピンクの光でさえ、よそよそしく感じる。

いつのまにか――わたしは、人の流れの中でひとりになっていた。

さっきまでは、暁生と歩いていた。

暁生が動物のイルミネーションの前で立ちどまり、咲野と眩も足をとめた。笑い声をあげながらスマホで写真を撮《と》っている。

わたしだけが歩きつづけたのだ。

人混みにまぎれて、ずっとそのまま、早足で歩きつづけたのだ。

(わたしは……みんなとはちがう……あの中に入っちゃいけないんだ……)

数々の光の中を通りぬける。

たくさんのカップルとすれちがう。手をつないで、肩《かた》を寄せあった二人。

わたしが手をつなぎたいのは、ひとりしかいない。幼稚園《ようちえん》の頃《ころ》からそうだ。咲野とつなげると、ほっとしてうれしかった。

イルミネーションはいつのまにか幻《まぼろし》のように消えていた。今見えているのは、よどんだ暗い夜空の下、泣きはらしたような、うすよごれた赤いネオン――。

突然《とつぜん》、肩をつかまれた。

ハッと我《われ》にかえって立ちどまると、息をはずませた眩が背後《はいご》に立っていた。

「え？　泣いてんの？」

「……ないよ」

とっさに、目をこすりながら返す。つめたい指先がぬれている。たしかに、泣いていたようだ。

「スマホ気づかなかった？　手分けして、香椎さんのことさがしてる」

「……聞こえなかった」

ポシェットからスマホをとりだそうとして、わたしは手をとめた。

「……だれとも話したくなくて」

思わずひとり言のようにつぶやくと、

「そうか……なら、ぼくも香椎さん見つけたって知らせない」

思いがけないやさしい口調《くちょう》に、眩の顔を見直す。眩はこまったような切なげな眼差《まなざ》しで、わたしを見つめていた。そして、

「行こう」

わたしの腕をつかんで、歩きはじめた。

7

人波をぬって、眩《げん》は夜の街を泳ぐように進んでいく。素直についてくることがわかると、眩はわたしの腕《うで》から手をはなした。

どこに向かっているのだろう。

大通りからはずれたうす暗い裏道《うらみち》に、眩はためらいもなく入っていく。

小さな飲み屋や焼き肉屋が立ちならぶ細い道。店の外では、ビールケースをさかさまにしたいすやテーブルで、早くもよっぱらった男たちが大声で話していた。

眩はそんな店の狭間《はざま》にひっそりと「白さんご」――看板《かんばん》に名前が白く浮《う》かびあがった店のドアをあける。ドアも白だった。

「その子さん」

ドアの前で眩がよびかけると、せまい店のカウンターごしにハンチング帽《ぼう》をかぶった客と話していた六十代くらいの小柄《こがら》な人が顔をあげた。短く刈《か》りこんだ白髪《はくはつ》。真珠《しんじゅ》のピアス。だぼだぼの白いフィッシャーマンズセーター。目のかがやきが若々《わかわか》しい。

「やだぁ、ゲンちゃんたらまた来たの?」

低い声で迷惑《めいわく》そうに言いながらも、その子さんは表情をくずしている。

「……あの、友だち、ちょっと上で休ませてもらってもいいかな」

「あら……」

その子さんは眩の背後《はいご》に立っていたわたしに目を向けた。

「まぁ、人魚が陸にうちあげられちゃったって顔色ねえ。早くあがんなさい。まだお客は、この暇人《ひまじん》のおやじしかいないから」

その子さんが視線《しせん》を送ると、ハンチングがぬけた前歯をむきだしにして笑った。

「二階へ行こう」

眩にそっと肩《かた》を押《お》された。店の奥、カウンターの横にせまい階段《かいだん》があった。眩につづいて暗いその急階段をのぼる。古い建物なのか、階段がきしんだ。

二階には、紺碧色《こんぺきいろ》の布製《ぬのせい》のソファ、いすが何脚《なんきゃく》かならび、カラオケのセットもあった。

眩が慣れた様子《ようす》で明かりをつけると、天井《てんじょう》の青いライトと同時に、隅《すみ》の大きなガラスびんの中で、藻《も》のようにからまっていた赤青緑のイルミネーションが点滅《てんめつ》をはじめる。壁《かべ》には海飾《かざ》られていた白い魚網《ぎょもう》や貝、さんごや浮《う》き玉《だま》がゆれるように浮かびあがった。わたしは海にしずんでいくように、ソファに腰《こし》をかける。

陸にうちあげられた人魚――その子さんには、わたしがそう見えたのだ。

人魚は歩けない。どこにも行けない。この気持ちを、どこに持っていったらいいのかわからない……。

「香椎《かしい》さんがはなれていくのが見えたんだ。あっという間に人波にのまれた」

いつもの皮肉めいた言い方ではなかった。しずかな口調《くちょう》。眩はわたしのなため前のいすにすわる。

「でも、そのこと、サクヤたちには言わなかった……アキオたちは別々に見当はずれなとこさがしてるはずだ」

わたしはうつむく。

「……サクヤ、きっと怒《おこ》ってるね」

やっと出た声がかすれた。

「サクヤはいつも何かに怒ってるよ」

眩が笑った。

そのとき、階段のきしむ音がして、

「あら、暖房《だんぼう》も入れないで」

マグカップをのせたトレーを持って、その子さんが部屋に入ってきた。暖房《だんぼう》をつけ、

「はい、蜂蜜《はちみつ》レモン。スパイス入り」

熱いカップを二つ、テーブルに置く。

「うちの亭主《ていしゅ》、これ大好きなの。飲むと元気が出るって言うのよ」

その子さんがほほえんだ。

亭主、と言われたのに——そのときになって、突然《とつぜん》、気がついた。

(え？　男の人⁉)

その子、という名前。メイクはしていないが、描《えが》かれた眉《まゆ》。やわらかな物腰《ものごし》。とっさの印象で女性だと思いこんでしまったけれど——独特の低い声、太い首……。

びっくりしたわたしのぶしつけな視線《しせん》を、その子さんは正面から受けとめて、ほほえんでいる。

「あたたまって元気が出たら、さっさと帰るのよ」

とたん、涙《なみだ》ぐみそうになる。「さっさと帰るのよ」そう言われたのに——ふんわりと包まれたような気がした。

その子さんが部屋を出ていったあとも、わたしはしばらくの間、ぼんやりしていた。

「……男の人よね、その子さん」

そうつぶやくと、

「わかった？」

眩が小さく吐息《といき》をついた。カップをとり、熱かったのか、すぐにテーブルにもどしている。

「その子さんは、べつに隠《かく》してるわけじゃないからね。どう見られても、わたしはわたしだからって」

シナモンとレモンの香《かお》りが立ちのぼるカップを、両手で持つ。指先にぬくもりが伝わってくる。ひと口すすると、蜂蜜の甘さとスパイシーな味が、わたしを覚醒《かくせい》させていく。

「さっき……消えちゃいたかった」

思わず、本音がぽろりとこぼれた。

とたん、ビクッとする。だれにも言えないことを、よりによって枇々木眩《ひびきげん》に言ってしまった。

後悔《こうかい》する。口をつぐんでうつむいたとき、

「地球からとびおりたいんだろ？　ぼくもまったくおなじこと考えてたから香椎さんの詩

見たときすごくおどろいた。……消えてしまいたい、本気でそう思ったことが、何度もあるから」

思いがけないしみじみとした眩の口調《くちょう》に、そっと顔をあげる。

眩は肩《かた》を落として、点滅《てんめつ》するガラスびんのライトを見つめていた。

「地球からとびおりれば、跡形《あとかた》もなく消えられる。けど、現実には、消えてしまうなんてできっこないんだ。死んだって、肉体は残る」

真剣《しんけん》な暗い声だった。これほどさびしげな眩の横顔も、初めて見る。

まさか眩がわたしとおなじ想いを抱《いだ》いていたなんて――。わたしは息をつめるように眩を見つめた。

「だから受け入れろって。消えていいものなんか、この世にひとつもないんだから。それが自分に関《かか》わるものなら、よけい大事にしろ、って」

「……その子さんが？」

「そう。この夏、その子さんに拾われて、ここでひと晩《ばん》、お世話になった」

「拾われた？」

「真夜中、この街うろついてたんだ。行く当てなんかなかった。歩き疲《つか》れて、看板《かんばん》にもたれてぼんやりしてたとき、その子さんに声かけられたんだ。『そんな顔してたら、海賊《かいぞく》にさらわれて、売りとばされちゃうわよ』ってね」

「海賊？　売りとばされる？」

「マジ、このへんには、そんな海賊がいるらしい」

眩の口もとが、ふっとほころぶ。

「ちょうど盆休《ぼんやす》みで、この店、休みだったし、この部屋使っていいって。ただし、ひと晩だけ」

盆休み——眩と出会ったのが九月だから、そのひと月ほど前のことだ。

眩には悩《なや》みなんかないと思っていた。

裕福《ゆうふく》そうな家庭。だれもがあこがれる私立《しりつ》の進学校に通っている。空手が強く、スポーツはなんでもこなす。その上、咲野《さくや》が認《みと》めるくらい顔面偏差値《がんめんへんさち》も高い。

でも、わたしが眩について知っているのはそれだけだ。たぶん、咲野も暁生《あきお》も、眩のことを深くは知らないだろう。

「その子さんはね、夜が明けるまでつきあってくれたんだ。いろんな話してくれた。最愛の亭主《ていしゅ》の卓司《たくじ》さんのこともね」

「その子さん……結婚《けっこん》してるの？」

「まさか。今の日本じゃ、男同士の結婚なんて、まだまだ無理だよ。結婚なんて、あんなのただの紙切れだけよ、ってその子さん、笑ってたけど。心がつながってることが大事なのよって。その子さんは卓司さんとこの店始めたんだ。……でも、卓司さんは五年前亡《な》くなった」

「亡くなった？　でも、生きてるみたいに――」

すぐそばにいるように、その子さんは「亭主《ていしゅ》」のことを話していた。

「その子さんにとっては、まだ生きてるんだろ。海に行ったまま、なかなか帰ってこないのよ、って笑ってた」

そのとき、眩のスマホの着信音が響《ひび》いた。

「サクヤからだ」

眩がＬＩＮＥをわたしに向ける。

――見つかんないよ！　スマホ見てもない！　落としたのかな？　どこにいるの、あのバカ！

怒《おこ》っている咲野の声が聞こえてくるような文字。

「あ、そっちも」

眩に言われて、ためらうようにスマホをとりだす。今まで何回も、ポシェットの中で鳴っていた。けれど、どうしても手にとる気になれなかった。思いきってひらくと――、

「アキオから？」

「そう……」

暁生からのたくさんのＬＩＮＥはみんなおなじ言葉。

――お～い！

――お～い！　ミド、迷子《まいご》か？

「あいつらしいな」

わたしのＬＩＮＥをのぞきこんで、眩が微笑《びしょう》する。

「どうする？　既読《きどく》スルーするとサクヤ、怒るからな」

「わたしといるって言わないで！」

切羽《せっぱ》つまった声になっていた。

眩と二人きりでいるなんて不自然だ。きっと咲野は誤解《ごかい》する。

「だな。香椎さん見つけといて知らせないのもな」

眩もうなずいた。

「アキオにはすぐ返すね。……あ、わたしにも、今、サクヤからＬＩＮＥが」

表情《ひょうじょう》がパッと色づいたかもしれない。眩がわたしをじっと見ていた。


空になったマグカップを持って階段《かいだん》をおりていくと、カウンターの客は三人に増えていた。

「ごちそうさまでした。……ありがとうございました」

そう言ったわたしを見て、その子さんがゆったりとほほえんだ。

「顔色がよくなったわ。声も出るし、足もあるし。もう海には帰らないのよ」

そして、眩に向かって、

「ゲンちゃん、もう来ちゃだめよ～」

笑って声をかけた。


咲野たちとは「ミナミルミ」ではぐれた動物のイルミネーションの前で、待ち合わせることになった。

その近くまでは、眩が送ってくれた。

「ここからはひとりで行けるね？　ぼくは友だちと出会ったんで、別行動するってサクヤにＬＩＮＥしとく」

眩はそう言いのこすと、声をかける間もなく足早に人混みにまぎれていった。

咲野たちとはなれて、二時間以上たっていた。

その間、この寒い中、咲野も暁生も、わたしのことを必死にさがしてくれていたのだ。

けれど、眩といっしょにいたことは、咲野には言えない。

また秘密《ひみつ》が増えてしまった。

前方から、色とりどりのイルミネーションの波が押《お》しよせてくる。

その、きらめく波の向こうから、

「ミドーっ！」

咲野の大声が聞こえてきた。

「お～い！」

暁生もいる。人をかきわけ、二人が走ってくる。わたしも走りだした。

8

枇々木眩《ひびきげん》はあの夜、なぜわたしをその子さんの店に連れていったのだろう。

——消えちゃいたい。

わたしの背中《せなか》に、そう書いてあったのだろうか。眩とおなじ想い。

咲野《さくや》も暁生《あきお》も、わたしが人の波に押《お》されて迷子《まいご》になったと信じている。

「ミド、ぼぉ〜っとしてっからなあ。小一のときの遠足、ほかの小学校についてっちゃっただろ？」

暁生は思い出し笑いをしたが、咲野は本気で怒《おこ》っていた。

「いい年してぇ、迷子になったらまわりに聞けばいいんだよ。いくらパニクったからってＬＩＮＥも見ないなんて、信じらんない！」

わたしはひたすらあやまるしかなかった。


その後も、何度も四人で会った。

うちに母親がいるときは、ファミレスに集合した。

初詣《はつもうで》も四人で行った。

咲野は友麻《ゆま》たちとも、どこかの神社に行くらしい。隠《かく》すことではない。わたしも知っていたい。なのに、知ると何日も胸《むね》がきりきりした。

そんなとき、その子さんのことを思い出した。男同士が「パートナー」としていっしょに暮《く》らしていくことが、どんなに勇気のいることか——。

世間《せけん》の目なんか気にしない、と言ってはいても、きっとその子さんたちは、傷《きず》つくことが多かっただろう。


眩はあいかわらず、わたしに一線を引いている。

わたしもおなじだ。

あの夜の眩とわたし。

たぶん、その子さんの店にいたわたしたちが、本当の姿《すがた》なのだろう。眩に関《かか》わりたくないと思いながら、今までとは別の目で眩を見ている。

眩は謎《なぞ》だ。

そして、咲野はそんな眩に惹《ひ》かれている。

わたしは、日々確信を強めていく。

咲野の秘《ひ》めた感情がびんびんと伝わってきて、痛《いた》いくらいだ。

けれど、咲野はわたしに何も告げない。


二月の節分もすぎ、底冷えのする夜がつづいている。

その夜、わたしはひとりだった。

暁生は三学期から週一で、個別指導の塾《じゅく》に通いはじめた。タイムが伸《の》ばせないなら自力で陸上の強い高校に行くしかないと、覚悟《かくご》を決めたのだ。咲野も志望校をしぼりつつある。

咲野がねらっているのは、偏差値《へんさち》の高い公立。わたしの学力では、どんなにがんばっても、担任《たんにん》から受験の許可さえおりないだろう。

そんな状態《じょうたい》なのに、わたしは塾をやめた。

「信じらんない！」「やる気あんの!?」

咲野は怒《おこ》りまくっていたが——やめた原因は、高中友麻《たかなかゆま》がおなじ塾に入ってきたからだ。

くだらない理由。でも、重い理由。

だからといって、暁生が通う個別指導の塾に通う気にもなれなかった。

わたしはほんとに意気地《いくじ》なしだ。

高校からは、咲野と別の道を歩むことになる。

咲野と共有する時間が、今よりさらに減っていく。咲野の世界は大きくひろがって、もうわたしが踏《ふ》みこむことなどできなくなるだろう。

咲野がいない高校なら、どこでもいい――。

勉強に身が入らず、わたしは部屋の机《つくえ》に顔を伏《ふ》せる。

もともと、どうしようもないことはわかっている。この想い――消しようがない。

いや、消したくなんかない。ずっと大切に育ててきたのだ。

さっきから、遠慮《えんりょ》がちに玄関《げんかん》のチャイムが鳴っている。

夜の八時すぎ。咲野も暁生も、塾の時間帯だ。

今ごろ、だれだろう。

いぶかしがりながらインターフォンのモニターをのぞくと、闇《やみ》にとけこんだような眩が映《うつ》っていた。

少しためらった末、玄関のドアをあける。つめたい夜気《やき》を背負《せお》った眩が、

「こんばんは」

小さな声で言った。

突然《とつぜん》の訪問《ほうもん》におどろき、ぼんやりしていると、

「あの……入ってもいい？」

改まってたずねられ、あわてて体を引く。

廊下《ろうか》は深々と冷えこんでいた。

リビングの温度を上げる。

「あいつらがいないと、この部屋、なんかへんな感じだな」

ソファの前に立ったまま、眩が部屋を見まわしている。眩も緊張《きんちょう》しているのがわかった。

「枇々木くん……塾じゃなかったの？」

カウンターに置いてあるポットからカップにお湯をそそぎながら、わたしは落ちつこうと息をすいこんだ。

眩がひとりで訪《たず》ねてくるなんて――。

「サボった」

「え？」

お湯をとめ、ふりかえる。

「塾に行く意味を今、模索《もさく》してる」

「ふーん、頭のいい人って、いろんなこと考えるんだね」

少し緊張がほぐれてくる。

「サクヤ、きっと心配してるよ」

「ＬＩＮＥしといた」

ソファに腰《こし》かけながら、眩は心ここにあらずといった表情をしている。

「サクヤにうちで時間つぶしてるって？」

「それはナイショ」

眩がまっすぐにわたしを見た。

「香椎《かしい》さんと話がしたかったんだ」

真剣《しんけん》な視線《しせん》。気まずくなって、わたしは下を向いた。部屋の空気がまたピリッと引きしまる。

「……紅茶《こうちゃ》、ストレートだよね」

眩にカップをわたし、はなれたいすにすわった。

ありがとう。小さな声で眩が言う。

暖房《だんぼう》をつけたのに、なかなか部屋があたたまらない。しばらく後、紅茶《こうちゃ》を飲みながら、

「だれも来ないと、香椎さん、ほんとにひとりなんだ」

眩がぼそっとつぶやいた。

「もう少ししたら、休暇《きゅうか》とって父が帰ってくるけど」

「シンガポール？　遠いよな」

「……でも、しょっちゅうスカイプで話してるし」

「でも、お父さんが遠いとこにいるのに、お母さん、香椎さんが小さい頃《ころ》からタクシードライバーなんだよね？　なんかピンとこない」

眩がわたしの方を向いた。まじめに理由を聞きたがっているのを感じて、いいかげんに答えられなくなる。それに、きちんと話したくなった。

「……兄が五歳《さい》のとき、亡《な》くなったの」

「うん、それサクヤから聞いた」

眩の眼差《まなざ》しが細くなる。その子さんの店で見た眩の表情。心がふっとほぐれた。

「お母さんね、だれかとつながりたかったみたい。知らない人と。それも、ずっとじゃな

くて……」

　母親のことを他人に話すのは、初めてかもしれない。咲野にさえ言っていない。

　ふいに、母親に対して言葉にできない――愛《いと》おしいような気持ちがわいてくる。

「タクシーは、知らない人を乗せて運んでおろすだけ。でも、短い間に、いろんなこと話したりもするんだって」

　母親が一番つらかった頃、タクシーに乗っていて、こらえきれず泣き出してしまったことがあったという。兄が好きだったキャラクターのぬいぐるみが、運転席にさがっていたのだ。

　思いきりわんわん泣いて、運転手になぐさめてもらって、降《お》りたらすっきりしていた、と母親は後で話してくれた。そのタクシーの運転手も女性だったのだ。

「お母さん、お客さんからいろんな人生があること、おしえてもらえるって言ってた。わたし、はじめはひとりですごくさびしかったけど、サクヤたちがしょっちゅう来てくれたし、今はもう慣れた……お母さんが楽しそうなら、それでいいの。お母さんね、出世して班長《はんちょう》になったのよ」

　ちょっと自慢《じまん》する。眩がほほえんだ。

それきり昡は、もう口をひらかず、じっと自分の手を見つめている。ドキドキしてきた。

昡は何か言いたいことがあるのか――わたしと話がしたいと言っていた。

昡のとがった肩《かた》。

何か言わなくちゃ、とあせりはじめたとき、

「香椎さん、詩、書いてる?」

昡が顔をあげた。やっと、話題を見つけたという感じだった。

返事にこまっていると、

「書いてるんだろ?」

「うん……」

つい正直に答えてしまった。

「今度見せてよ」

「それは……無理」

そう言って目をおよがせたわたしは、壁《かべ》の時計を見てビクッとなった。

「枇々木くん、もう塾《じゅく》が終わる――」

「ああ、もうこんな時間か」

「サクヤ、必ずうちに寄るから……」

「……わかってる」

立ちあがりながら眩が苦笑した。

「ぼくたち、別にやましいことしてるわけじゃないよな」

玄関《げんかん》に向かった眩が、いきなりふりかえった。

「──香椎さん、サクヤのことになると、痛《いた》いくらいナーバスになるんだな。わかってる？

どんだけ今、シリアスな顔してるか」

「えっ？」

虚《きょ》をつかれて、わたしはうろたえたように少しよろめいた。

ナーバスになって当然ではないか。

だって、だって、咲野は眩が──きっと好きなんだから……。二人きりでいるのを、知られたくない。

混乱《こんらん》して、玄関の明かりをつけることも忘《わす》れていた。

うす暗い上がりかまちに腰《こし》をかけ、眩はわざとゆっくりスニーカーのひもを結んでいる。

「ぼくは──」

言いかけて眩は言葉を切った。そのまま、何も言わない。ひどく長い時間がたったような気がした。薄氷《はくひょう》のような空気が、ほの暗い玄関《げんかん》に張《は》りつめてくる。とっくにスニーカーを履《は》き終えたのに、眩は背《せ》を丸めた姿勢《しせい》のままだ。

しばらくして、眩がしずかに背を伸《の》ばした。

「ぼくは……香椎さんのこと誤解《ごかい》してた。香椎さんは……アキオが好きだと思ってた。あの詩も、アキオのことを書いたんだって」

わたしは息をつめる。

「だから、ぼくは——はじめのうち、すごく香椎さんにムカついてたんだ……ぼくは、ぼくは、アキオが好きだから、だれよりも好きだから」

一気に吐《は》き出された言葉が、わたしに突《つ》き刺《さ》さった。血がにじむような声だった。

くらっとして、わたしは瞬間《しゅんかん》、目をとじる。

真実だとわかった。ただの好きではないとわかった。

眩の後《うし》ろ姿《すがた》が固くなる。

「だから、香椎さんをじっと観察していた。わかったんだ。……香椎さんが好きなのは、アキオじゃない……サクヤなんだね」

「ちがう！」

とっさにわたしはさけんでいた。

言わないで。言わないで。言わないで！

「絶対《ぜったい》、ちがう！」

声が裏《うら》がえった。

眩の肩《かた》が、ふっと下がった。

「そんなに必死に否定《ひてい》するなよ。哀《かな》しくなる」

後ろを向いたまま、眩はゆっくりと立ちあがる。

「……ちがうんなら、それでいい。でもぼくは、話したかった、あの詩を書いた香椎さんなら……そうだ、香椎さんもおなじだと思ったから……ひとりでかかえているのは苦しい。限界を超《こ》えると、おさえきれなくなる……でも、アキオのこと話したのは、香椎さんが初めてだ」

眩はわたしに背を向けたまま、ドアに手をかけた。

「……わるかった」

ドアをあける。

「もう二度と言わないよ」
しずかな声をのこして、ドアが閉まった。

眩が出ていっても、わたしはうす暗い玄関《げんかん》に石像になったようにたたずんでいた。
ちがう、ちがう、ちがう！
咲野のことは好きだ。
でも、眩が思っているような……。
ああ、それはうそだ！
涙《なみだ》があふれてくる。
どうしてわかったの？　なんで、なんで？
わたしはひと言も言っていない。
だれにも、この気持ちを。
好きだ、というその言葉さえ、自分に禁じていた。恥《は》じていた。
――ひとりでかかえているのは苦しい。
眩の言葉が共鳴して、全身に響《ひび》きわたる。

わたしも苦しい。なのに、

(ちがう！)

——偽《いつわ》ってしまった。

けれど、いくら否定しても眩にはわかったのだ。そして、わたしも眩の秘密《ひみつ》を知ってしまった。重い秘密を。

9

しっかりして！　と、頬《ほお》をはたかれたような気がして、ハッと辺りを見まわすと、桜《さくら》が満開だった。

わたしたちは、中学三年に進級した。

またクラスが替《か》わり、咲野《さくや》と友麻《ゆま》とわたし、それぞれ別の組になった。咲野とはなれるのはさびしい。中学生として最後の一年なのだ。けれど、咲野と友麻がおなじクラスでなくてほっとする。そんな心のせまい自分が、またいやになる。

うれしかったのは暁生《あきお》とおなじクラスになれたこと。小学校から通して初めてだった。

どうせ暁生は、学校ではすましている。

でも、暁生の明るい笑い声を、教室で聞くことができる。

中三になっても、四人で集まった。

眩《げん》の態度《たいど》はかわらない。わたしの方が、たまに話しかけられると動揺《どうよう》を隠《かく》せなかった。

眩が近くにいるだけで空気がうすくなったように、ぎこちなくなってしまうのだ。わたしは眩だけでなく、暁生にも以前のように無邪気《むじゃき》に軽口をたたけなくなっていた。眩はわたしを信頼《しんらい》して話してくれたのだ。なのに、わたしは自分を偽《いつわ》ったまま――眩に対してひややかな態度をとっている。

五月の連休をすぎたあたりから、眩がぬけることが多くなった。もとの三人にもどっただけなのに、咲野は物足りないようだ。

「ゲン、昨日《きのう》もまた塾《じゅく》サボったんだよ。忙《いそが》しいって、何やってんだろ。あいつ、最近イライラしてない？」

「みんなしてるよ、受験生だもん、な？」

暁生が陽気にわたしに同意を求める。わたしは、曖昧《あいまい》にうなずいた。

「でも、一番イラついてんのサクヤじゃね？　志望校余裕《よゆう》だっていうのに。いいね、ポチ押《お》し！」

暁生にふざけてつつかれて、咲野が倍返しをしている。

たしかにこの頃《ごろ》、咲野はピリピリしている。

原因はきっと眩だ。
咲野もまた、眩への想《おも》いをおさえきれなくなっている。電流のようにそれを感じる。
（わたしには、まだ言ってくれない……）
咲野は高校を卒業したら、医療《いりょう》事務の専門学校に行くことを視野《しや》に入れはじめていた。
早く仕事について、両親を安心させたいらしい。
憎《にく》まれ口《ぐち》をきき、反発ばかりしているのに咲野は親のことをちゃんと考えている。
将来《しょうらい》のことを何も考えていないのは、わたしだけだ。

日ごと芽吹《めぶ》いてくる樹々《きぎ》の緑に圧倒《あっとう》され、息苦しくなってくる。
みんな、わたしを追いぬいていく。
ヘンなわたし。がんばらないわたし。おなじところから動かないわたし。
とり残されたくない。
せめて、咲野や暁生の後《うし》ろ姿《すがた》だけでも目の端《はし》にとどめて、追いかけていきたい……。
けれど、勉強にも何にも身が入らなかった。
その夜も、机《つくえ》の前でぼんやりしていると、

「ミド～！　玄関《げんかん》あいてたよ、不用心～！」

塾《じゅく》帰りの咲野が、階段《かいだん》を騒々《そうぞう》しく駆《か》けあがってきた。びっくりして、机の前から立ちあがる。

「予定外だよ、ジュ、リ、エッ、ト、になっちゃった。ある？　うち、しょっちゅう買《か》い忘《わす》れるから」

「あるよ」

わたしは急いで階段をおり、洗面所《せんめんじょ》についてきた咲野に生理用の下着とナプキンをわたした。

「サンキュ」

咲野は小さく息をついて、トイレに向かう。

生理のことを咲野は「ジュリエット」とよんでいる。咲野にそのジュリエットが訪《おとず》れたのは小学五年の終わり。わたしより一年以上も早かった。なかなか「仲間」になれないわたしを、咲野は気にしていた。

「ミドより先に大人になるのなんていやだ！」

真顔でそう言っていた咲野。

初潮《しょちょう》の訪れだけで、わたしたちは「大人」になってしまうのだろうか。よくわからなかったが、とにかくわたしは、早く咲野に追いつき、安心させたかった。

だから「ジュリエット」が訪《おとず》れた日、母親よりも先に咲野に報告した。

「あ〜あ、なんかユーウツだ……」

洗面所《せんめんじょ》からもどってきた咲野は、結んでいた髪《かみ》をほどいていた。ずっと肩《かた》までだった髪は、もう肩甲骨《けんこうこつ》まで伸《の》びている。

「うち、もう寝《ね》てるだろうな。この頃、寝るの早いんだ」

咲野はソファに寝ころぶ。

「おじさん、元気になったよね。この前散歩してるの見たよ。ね、おなかすいてない？ おにぎりでも作る？」

「いらなーい。それよか炭酸ある？」

「あるよ、ひえてる」

冷蔵庫《れいぞうこ》から炭酸水のペットボトルを出していると、

「ゲンが塾《じゅく》、やめた」

いきなり咲野が言った。もやもやを吐《は》き出すような言い方。びっくりしてふりかえる。

「……なんで？」

咲野の目がすわっている。わたしは目をそらした。

「知らなーい。あいつは謎《なぞ》だ！」

突然《とつぜん》、咲野がソファから音を立てるように勢いよく起きあがり、

「ミド、ゲンのこと好きでしょ」

ひと息で言った。

「ええっ！」

あんまりおどろいたので、ペットボトルを落としそうになる。咲野の目の奥《おく》がぎらぎらと光っている。じっとわたしを見すえていた。

「ゲンもミドのこと好きなんじゃない？」

「まさか！」

大声をあげてしまった。

なんという誤解《ごかい》だろう！

「ありえない！　なんで枇々木《ひびき》くんが――」

「それよ！」

咲野がすっくと立ちあがって、カウンターの前に立った。カウンターに置いた炭酸水ご

しに、わたしたちは向きあう。目をそらしたくなるのを、わたしは懸命《けんめい》にこらえた。そらしたら、咲野はさらに疑《うたが》うだろう。

「ゲンはミドのことだけ『香椎《かしい》さん』ってよぶよね。ミドだって『枇々木くん』て。それずっと引っかかってたんだ」

「それは……言ったでしょ、わたし、枇々木くんが苦手だって」

声がふるえた。

「そお？　なーんか意識しあってるみたいに見えるんだけどなあ、最近、特に」

ひややかな視線《しせん》。咲野にそんな目で見られると——もう、こらえきれない。

「意識しあってるなんて……そんな、ひどい……」

涙《なみだ》がこぼれた。

「なんで？　なんでそんな真逆なこと思うの？　枇々木くんだってわたしが苦手なんだよ。いやがらせみたいに、わたしだけ名字でよんで。……わたしも枇々木くんにミドなんてよばれたくない……わたしも絶対《ぜったい》に、ゲンなんてよばないんだ！」

感情が激《げき》して、息がつまってくる。一気に言うと、わたしは小さくせきこんだ。

「……そんな、泣きながらわめくことないじゃん」

咲野の声が少しやわらいだ。こまったように顔をしかめている。

「だって、まさか……まさか、そんなふうに思われてたなんて」

「わかった、わかったよ。ごめん……そっか、ミド、ほんとにゲンが苦手だったんだね」

「……人のノート勝手に見たり……そんな人わたし、きらいだ」

「あたしは好き」

真剣《しんけん》な声にハッとなった。

咲野の黒目がちの瞳《ひとみ》がうるんでいた。こんな咲野の表情も、初めて見る。

「すごく好き。好きなんだよ、ゲンのこと」

わたしは小さく息をついた。

やっと、やっと、言ってくれた……。

「……そうだと、思ってた」

つぶやくように返す。

「やっぱ？　バレバレ？」

まばたきをした咲野に、笑顔がもどった。

「話してくれないから……約束《やくそく》したのに」

「あたしだってムカついてたんだから。ミド、なんで隠《かく》すの！　って。そっちこそ、話すって言ったのに」

「隠してない！」

「わかったって……でも、疑《うたが》ってた。だから、あたしミドに言えなかったんだ。……それに……はじめっからゲンはミドが好きなんじゃないかなって。ミドのこと前から知ってて、ノート返さなかったのかもって」

咲野が顔をゆがめ、くちびるをかむ。

そのすさまじい誤解《ごかい》の連鎖《れんさ》に、頭が真っ白になる。

「それ、あんまりだ。……詩のこと？　曲つけてくれたから？」

咲野がうなずく。

「あれは偶然《ぐうぜん》だよ！」

「わかってるよ。わかってたけど……ゆまポンに相談したら、ゲンはミドのタイプだって断言するし」

とたん、カッとなった。

「高中《たかなか》さんに何がわかるの！　それに、なんで、なんで、高中さんなんかに話すのよ！」

わたしの剣幕《けんまく》に圧倒《あっとう》されたように、

「そんな怒《おこ》んないでよ……そりゃ、話せたらミドに一番に相談してたよ」

咲野は急にしおらしくなる。

「それにね……あたし、ゲンのこと好きになったの、ずっと前なんだよね」

「ずっと前って……？」

「アキオの空手の試合見にいったとき」

「え？　じゃあ小学生のとき？」

怒《いか》りがおどろきにかわって、咲野をまじまじと見直す。

「まあね」

きまりがわるそうに、咲野は下を向いた。

そう言えば——咲野は小学五年生の頃から、暁生の空手の試合の応援《おうえん》に行きたがった。応援しても暁生はたいてい一回戦で負けてしまう。わたしはすぐに帰りたかったが、咲野はほかの試合も観《み》たいと言いはった。

「……試合、枇々木くんも出てたんだ」

「あたりまえじゃん。アキオとおなじ道場だったんだよ。強くてカッコいい子がいるって、ミドにも言ったと思うけどなあ」

「そうだったっけ？」

「聞いてないんだから。ミド、アキオ以外の試合観《み》もしないで、漫画《まんが》ばっか読んでたし」

あの頃《ころ》――咲野は空手の観戦《かんせん》が好きなのだとばかり思っていた。まさか、めあてが杜々木眩だったなんて。

咲野にはいつも注意をはらっていたのに、どこかぬけていた。

「そんな前からだったの……」

「でも、あのときはまだ自分の気持ち、よくわかってなかった。なんか気になってただけ。けど、忘れられなかったんだね。ゲンと塾で会えたとき、ものすごくうれしかった……そのときになってわかったんだ。ゲンのこと、ずっと好きだったんだなぁって」

わたしは吐息《といき》をつく。

咲野の想いもまた、長い時間をかけて、育《はぐく》まれていたのだ。

「あ〜、すっきりした。ミドとゲンのこと、ほんと悩《なや》んだんだから。あ〜、あたしって、ヤキモチやきだね〜」

咲野はソファにガクッとすわりこんだ。

ヤキモチやきはわたしなのに――。

わたしは、ぬれたペットボトルに手を当てる。

咲野は寝《ね》ころんだまま、天井《てんじょう》をじっと見あげていた。

そして、決心したようにつぶやいたのだ。

「ミド、あたしね、ゲンに告ろうと思ってんの。こんなウジウジした気持ちのまんまじゃ、つらすぎるから――」

10

知らなかった。

そんな昔から、咲野《さくや》は眩《げん》を好きだったのだ。咲野とおなじ場所にいながら、見ていたものも感じていたこともちがっていた。

そんなことあたりまえ。今はわかっている。

ひとの真実の気持ちなど、見ることも触《ふ》れることもできない。

なのに、ひとは勝手に思いこむ。

まっすぐな咲野は、必ず眩に想《おも》いをうちあけるだろう。

けれど——眩はきっと受け入れない。

咲野が傷《きず》つくのは、見たくなかった。

眩に会わなくては。

話したいことが、ほかにもある。

──知っている人がいないところで会いたい。

決心して、そうＬＩＮＥで伝えると、眩が指定したのは、急行で通りすぎるだけで、一度も降《お》りたことがない駅だった。

日曜日の午後二時。

心地いい風が吹《ふ》いていた。

その小さな駅は、人もまばらでのんびりしている。ロータリーに植えられたたくさんのマリーゴールドの花が金色の光を放っていた。

約束《やくそく》の時間、改札口では、すでに眩が待っていた。今日、咲野は引退を決めたヒップホップ同好会の集まりがある。暁生も競技会に参加していた。二人に秘密《ひみつ》で眩と会うのは後ろめたい。かといって、正直に伝えるわけにはいかなかった。

オープンカフェのテラス席。一番隅《すみ》に席をとる。オーダーした紅茶《こうちゃ》は、それぞれ支払《しはら》った。

「ここ、よく来るの？」

二人きりで会うのは、やはり緊張《きんちょう》する。

「学校サボったとき、ひと駅ひと駅降りてみたんだ。ここが一番気に入った」

大きなパラソル越《ご》しの日差しがまぶしいのか、眩は目を細めた。

昡の学校は、渋谷《しぶや》から、さらに乗りついでいくという。

「アキオ、今日も競技会だろ？」

話題は自然と暁生のことになる。

「あいつ、中三になってもあきらめないんだよな。今日、いいタイム出るかな。ここんとこ、調子あげてるみたいだから。アキオ、空手には燃えなかったけど、やっぱ好きなことはがんばるんだな、え？　何？」

「こんなに楽しそうにアキオのこと話す枇々木《ひびき》くん、初めて見たから」

ついほほえんでしまったわたしから、照れたように目をそらすと、

「それで、話って何？」

昡は話題をかえた。

「あ……それは……ずっとお礼を言ってなかったし……その子さんに会わせてくれたこと」

身がまえる。大事なことを、まだ答えていない。

「それから……あの、わたし、あのとき、ちがう、って言ってしまったけど、ほんとは――」

「言わなくていい。わかってるから」

昡が真顔でさえぎった。

「……ぼくこそ、土足で踏《ふ》みこんでわるかった」

わたしは首を横にふる。

「気が楽になった……だれかに知られるのがこわかった。……でも、だれかに知ってほしかったから」

眩がわたしを正面から見て微笑《びしょう》する。

けれど、何も言わない。

会話がつづかなくなる。眩がずっとだまっているので、

「話ってね……サクヤのことなの」

思いきって口にした。眩の表情が硬《かた》くなる。

「心配？　香椎《かしい》さんのことは絶対《ぜったい》に言わないよ。だれにも」

眩は誤解《ごかい》している。

「それは信じてる」

眩の目を見て、はっきりと言った。不思議なくらい確信していた。眩はわたしの秘密《ひみつ》を、決して口外しないだろう。

「ぼくも」

眩の瞳《ひとみ》の奥《おく》で、共有する痛《いた》みが切《き》り傷《きず》のようにきらめいている。わたしは息をすいこむ。

「じゃなくて……あの、サクヤから何か言われた？」

張《は》りつめた声でそう問いかけると、眩はとっさに横を向いた。

「……二人で会いたいって何度もＬＩＮＥ来てるけど……微妙《びみょう》に避《さ》けてる」

眩のこまったようなその反応《はんのう》でわかった。

「……枇々木くん、もしかして、サクヤの気持ち知ってる？」

「たぶん。うぬぼれてなければ」

居心地《いごこち》がわるそうに、眩は体を軽くひねった。

「わたし、サクヤに……傷《きず》ついてほしくなくて」

――すごく好き。好きなんだよ、ゲンのこと。

そう言ったときの咲野の表情を思い出して、胸《むね》が痛《いた》くなってくる。眩が姿勢《しせい》を正した。

「ぼくにどうしろっていうの？」

はっきりとした拒絶《きょぜつ》。けれど声の底はやさしかった。

「気も合うし、サクヤのことは好きだよ。でも意味がちがう。香椎さんならわかるはずだ」

わたしは一瞬《いっしゅん》、伏《ふ》せた目をまたあげる。

「……サクヤ、誤解《ごかい》してたの。わたしが枇々木くんのこと好きで、枇々木くんも――」

吐息《といき》をつくと、眩は苦笑した。

「ヤバいな、それ。誤解か……そうかもな。ぼくは香椎さんをいつも観察してたし……それって見つめてる、ってことにもなるからな」

「たぶん。……サクヤ、名前よばないことだってあやしんでたから」

「まいったな、そんなことまで……。はじめのうち、香椎さんにムカついてたから。あ、それも誤解だったけど、アキオとのこと」

眩はふっと息をつく。

「わたしもずっと、枇々木くんが苦手で――」

「それ、もろバレ」

こだわらないやわらかな笑い声だった。わたしはほっとして眩と向きあう。眩はすぐに考えこむような表情《ひょうじょう》になった。切なそうに目を伏せる。

「サクヤはカンがいいからね。本心じゃないこと言ったって、すぐに感じとる。そしたら、もっと傷つけることになる……」

オープンカフェを風が通りぬけていく。テラスのあちこちに置かれた観葉植物がカサカサとゆれた。

眩が、ふいにからかうようにわたしを見やる。

「香椎さん、ぼくとサクヤが仲良くしてたら、ムカーッて目で見てたよね。なのに、今はやさしくしろって？　それ、ぼくがカミングアウトして安心したから？」

図星だった。恥《は》ずかしくて眩を見られない。

「ごめん……自分勝手ってわかってるけど……」

言いよどむと、

「わかってるよ……サクヤと二人きりでは会わない。サクヤに何も言わせない……それがサクヤを一番、傷《きず》つけないことなんだ」

眩がつぶやく。やさしい眼差《まなざ》しだった。

「でも、世の中ってほんと誤解《ごかい》だらけだよな」

眩はカフェのまわりを見まわした。

「ほかのやつらから見たら、ぼくたちカップルに見えるんじゃない？　だれもGとLがこんなややこしい話してるとは思わない」

「GとL……？」

「LGBT。知ってる？」

「知ってる……」

瞬間《しゅんかん》、全身に電流が走った。

Lはレズビアン。Gはゲイ。バイセクシャルのB、Tはトランスジェンダーのことだ。

わたしは息がつけなくなる。

「……わたし、Lなんだ……」

ふいに涙《なみだ》がにじんだ。なぜにじむのか、そんな自分にまたうろたえる。

「ショック？　自覚なかったんだ」

いたわるように言われて、ほろりとひと粒《つぶ》こぼれた。

自覚はあった。ヘンだとわかっていた。そんな自分がきらいだった。人には知られたくなかった。

「たしかに。ぼくだって自覚してても、言葉になるところたえる。そうか、ぼくはGなんだ……」

眩は吐息《といき》をつくと、白い紙ナフキンをふわりと投げてよこした。ハンカチを持っていたが、そのナフキンで涙をぬぐう。

「ぼくたち、わるいことしてるわけじゃない。ただ好きになった相手が同性だっただけなんだ」

またわいてきた涙を、くちびるを結んで押《お》しもどした。

「ＬＧＢＴって言葉がひろまってきて、生きやすくなる人が増えるのはいいことかもしれないけど……ほんとの理解ってなんだ？　どんな人間もみんな普《ふ》通《つう》です、なんて言われたら、よけい自分が普通じゃない気がしてくるの、ぼくがひねくれているからかな？　Ｌだの Ｇだの、ってレッテル貼《は》られたら、もうそこで区別されてる気がする……その子さんは、昔にくらべて今は天国よ、って言うけど」

眩は遠くを見つめた。

「言葉って残酷《ざんこく》だよな。小学生のとき、同級生にあいつ『Ｇ』なんじゃないか、って陰《かげ》で言われてたやつがいたんだ。男子校だからね、すぐにうわさはひろまる。さらに尾ひれがついてね。あっという間に学年中にひろがって、からかいの対象になってしまった。……あいつ、ほんとに『Ｇ』だったのかな。何も言わなかった。だまってるから、よけいからかいがひどくなって……そのうち学校に来なくなった。……あいつはぼくだ。一歩まちがえれば、ぼくだった」

眩は両手でテーブルの端《はし》をつかんだ。

「ぼくは……マセてたからね。自覚が早かったんだ……だから、自分を守る方法も身につけられた。どうしたらあやしまれないか——」

ハッとテーブルから手をはなし、眩はまっすぐにわたしを見つめた。

「香椎さん、ぼくたち、堂々としていよう。押《お》しつけられてだれかを好きになるわけじゃない。気がついたら、好きになってるんだ。……小学生の頃《ころ》、空手でこてんぱんにやられても笑っているアキオを見たとき——言葉では表せないものがわいてきた……ぼくは、あのときの気持ちを大事にしたい。アキオともっと親しくなりたかったのに、勇気がなかった。……あいつが空手をやめて、もう会えないんだ、って思ったときの気持ち……また会えたときのよろこびもみんな、忘《わす》れたくない」

わたしもおなじだ。

咲野への想いは、わたしの歴史でもある。

大切な、何ものにもかえがたい想い——自然に少しずつ大きく育ってきた。

「レッテルってなんだろうね。その子さんは、しいて自分を分類すると、どうもTとGの間みたい、って笑ってた。分類か……だったら、ぼくのおばさんはAなのかもな」

「A?」

「アセクシャル。恋愛《れんあい》感情をだれにも持たない人をそう言うみたいだ、おばさん――父の姉は独身で、バリバリのキャリアウーマンなんだよね。恋愛にはまるで興味ないって、自分でも言ってる」

「そんな……そんな細かく人を分類するの？」

「まだあるよ。Dはデミセクシャル。Qはクエスチョニング。みんな意味がある。Iは……なんだったかな。覚えきれないくらいだ」

「それだったら、みんな何かに当てはまるじゃないの……今に、すべての人にアルファベットのレッテルがついてしまう……」

おどろいて、思わずわたしはつぶやいていた。

眩の目がかがやいた。

「そうだよ……みんなにアルファベットがつけば、何が普通《ふつう》か決められなくなるよね――だれもが何か、悩《なや》みをかかえてるんだから」

そして、眩は明るくほほえむと、こんなことを言ったのだ。

「もし自分でアルファベットを選べるとしたら、ぼくは『R』がいいな。抵抗《ていこう》のResistance《レジスタンス》!」

胸《むね》の奥《おく》が熱くなった。

眩《げん》とはあの午後、人もまばらな駅で別れた。

わたしは下りの電車に、眩は上りに乗った。

世田谷《せたがや》でひとり暮《ぐ》らしをしている祖父の家に行くという。母方の祖父だが、母親とは犬《けん》猿《えん》の仲らしい。その点でも祖父と気が合うんだ、と眩は笑っていた。

ひとり電車の中でも、それから何日たっても、わたしは眩とのたくさんの会話を、くりかえし思い出した。

ずっとかかえてきた自分の中のどうしようもない違和感《いわかん》。わたしはヘンなのだと認《みと》めながら、なぜヘンではいけないのか、心のどこかで反発し、いらだっていた。

そんな自分と、鏡の中で対面できたような気がした。鏡の中のわたしは、わたしであってわたしではない。どちらの「わたし」を人は見ているのだろうか。どちらの「わたし」も、受け入れてもらいたいけれど——。

「ぼくのこと、親にバレたら、絶対《ぜったい》すぐに絶縁《ぜつえん》される。絶対わかってもらえない。それだけは自信がある」

軽い口調《くちょう》だったが、そう言った眩の表情は暗かった。

「うちの親、世間的《せけんてき》にはいい親だと思うよ。ぼくも妹も親が認《みと》めたことなら、やりたいことやらせてくれる。それが満足する結果をあげている間はね。でも、数字が出なかったり、親のルールからはずれれば見放される……。ぼくはずっとそのルールを守ってきた。親にほめられるのがうれしかったんだ。でも、自分のことがわかってから気がついた。家族のだれもぼくのことを知らない……知る気もないってこと。家族の中の他人。今じゃ、ぼくのこと、持てあましてる」

眩は自嘲的《じちょうてき》に口を曲げた。

「でも、それでいいんだ。だって、このまま言いなりになって、国立の大学に入れても、何をすればいい？　やりたいことが見えてきたんだ。そのためには金がいる。親には塾《じゅく》に行っていることにして、その金をくすねてる。わるいやつだろ？　追い出されるのも覚悟《かくご》の上だ」

眩の強い意志を感じた。

眩の家族のことを初めて知った。その閉塞感《へいそくかん》と、居場所のなさも。

「でも、そこまでしてもやりたいことがあるなんてすごいよ……わたしなんか、何もない」

眩の行動は、ほめられたことではないかもしれない。けれど、思わず称賛《しょうさん》のため息がもれた。眩の強さに。

眩の今までの道程――どんな想《おも》いを重ねて、眩は強くなってきたのだろう。

「詩を書けよ。ぼくは香椎《かしい》さんの詩、好きだ」

眩のその言葉が、種のようにわたしの中にこぼれ落ちた。


空梅雨《からつゆ》だと言われたのに、このところ雨ばかり降《ふ》っている。細い絹糸《きぬいと》のような雨。

咲野《さくや》はまだ、眩に告白できずにいた。

わたしはほっとしながらも、ちょっと触《ふ》れただけでヒビわれていくような咲野を、だまって見ているしかない。

「期末前でたいへんだって、ゲン、ずっと会ってもくれないんだよ」

咲野はわたしの部屋のベッドの上で、切なそうに枕《まくら》をかかえる。いっしょに勉強するつもりだったのに、咲野は眩のことで頭がいっぱいなのだ。この頃《ごろ》、暁生も忙《いそが》しく、三人で集まることも、極端《きょくたん》に減っていた。

「期末なんて言《い》い訳《わけ》だよ……ゲン、あたしに告《こく》られるのわかってて、避《さ》けてる気がするんだよね。ミドんちにも来ないのも……」

咲野はギュッと枕《まくら》を抱《だ》きしめる。目がすわっていた。

「ゲンの家もわかったから、ゆまポンは会いにいけってそそのかすけど……ミドは反対なんだよね？」

上目遣《うわめづか》いに見た咲野から、わたしは目をそらした。

そう、思わず反対してしまった。

反対の理由は、咲野自身が一番わかっているはずだ。眩の反応《はんのう》もきっと予測《よそく》している。

それでも咲野は、あふれでる感情をおさえきれなくなっている。

咲野が帰ったあと、枕にそっと顔をうずめる。

咲野が抱きしめていたわたしの枕――。

「バカみたい……」

つぶやいて、枕を壁《かべ》にそっと投げる。

詩を書いた。

わたしを　くくってもだめ
すぐにすりぬけるから
この気持ちはとめられない
Ｌｏｏｋ　見て　すべてを
Ｌｏｖｅ　そう　ＬはＬｏｖｅ

だれも　きみをくくれない
Ｇｏｄ　神さまが
Ｇｉｖｅ　あたえてくれた
Ｇｉｆｔ　贈《おく》りものを大事にしよう

みんな　なにかにくくられている
わたしはＬ　ＬｏｖｅのＬ
きみはＲ　Ｒｅｓｉｓｔａｎｃｅ
その向こうにＲａｉｎｂｏｗ　虹《にじ》の橋

ためらったが、思いきって眩にＬＩＮＥで送ってしまった。

眩に詩なんか送ったらいけないのだ。咲野の誤解《ごかい》はまだくすぶっている。

わかっていたのに、

――ぼくは香椎さんの詩、好きだ。

そう言ってくれた眩に、読んでほしかった。

二人で会ったあの午後、わたしが感じたことを。


さんざんだった期末テストを呪《のろ》うように、いつまでも梅雨《つゆ》は明けなかった。何に触《ふ》れてもじめじめしている。

梅雨明け宣言《せんげん》は二度も出たのだ。なのに、青空は一時《いっとき》だけで、また灰色《はいいろ》にひろがった空から、あきらめきれないとでもいうように雨がとめどなくこぼれ落ちてきた。

咲野の口数がいっそう少なくなった。

暁生《あきお》がうちに寄る時間が減るにつれ咲野さえも、さらにうちから遠のいていく。

わたしにはどうすることもできない。

玄関《げんかん》のチャイムが小さく鳴ったのは、七月の半ばになって、やっと本格的に梅雨が明けた夜だった。

モニターでたしかめたりはしなかった。

咲野や暁生なら、こんなためらうようなチャイムの押《お》し方《かた》はしない。

思ったとおり、玄関には眩が立っていた。

「やあ……今、ひとり？」

うなずいたわたしに、

「入っていい？」

眩は遠慮《えんりょ》がちに言う。わたしはあわてて、ドアを大きくひらいた。

なんだかじんとするほど、眩がなつかしい。

「今日はサクヤ、塾《じゅく》だよね」

「アキオも」

「あいつもがんばってんな」

リビングに入った眩は、部屋を見まわしている。

「なんかなつかし」

「大げさだね」

わたしは笑いながらお茶の用意をする。

なつかしい――眩もおなじことを感じていたのだ。四人でさわいでいたのは、ついこの間なのに。もう遠くにかすんでしまったような気がする。

カウンターの上のポット。眩は紅茶《こうちゃ》が好きだから、アッサムのティーバッグ。

ソファにすわった眩は、いつもの溌溂《はつらつ》とした雰囲気《ふんいき》がない。

「何かあったの？」

思わずたずねると、

「塾《じゅく》やめたこと、親にバレた」

ぽつりと眩がつぶやいた。

「お金のことも？」

「とーぜん。全部使ったってごまかしたけど」

テーブルにマグカップを置く。

「追い出されるのも時間の問題だな。今後のことも責められて……アメリカの大学に行きたい、って言ったら、一応おさまってるけど」

「留学？　本気？」

「まあね。でも、ほんとは大学じゃなくて、ロスのスタントマンの養成所。それ言ったら、許《ゆる》しちゃくれない」

眩はソファにぐったりともたれかかる。

「スタントマン？　映画《えいが》の？」

眩はいつも予想もつかないことを言う。

「枇々木《ひびき》くんのやりたいことって、それだったの？」

「そう」

「スタントマンって、スターのかわりにビルからとびおりたり、火だるまになったり、車で崖《がけ》からダイブしたりするんでしょ？」

「それだけで三回は死んでるな」

笑いながら、眩が紅茶を飲む。

「そんな危険《きけん》なこと――」

「たしかに危険だよ。だから、そのために養成所があるんじゃないか」

「それ、親が反対するのわかるよ。なんで……」

「ぼくの夢。バーチャルで現実的な世界。影《かげ》に徹《てっ》する仕事だよね。空手を始めたのは男っぽく見せたかったからだけど、やっているうちに好きになった。それでいろんな武道に首つっこんでいるうちに、スタントの仕事を知ったんだ」

撮影《さつえい》現場にも見学に行ったという。

主役の俳優《はいゆう》よりスタントマンの方がずっとかがやいて見えた、と眩はいきいきと語った。スタントはどんなに活躍《かつやく》しても、主役の影にすぎない。名前も知られるわけではない。

そこがいいんだ、と。

「アキオに話した？」

「いや……」

眩の表情がふっとくもった。

「あいつともこの頃《ごろ》、距離《きょり》置いてるから」

眩は壁《かべ》の時計をたしかめると、

「そんなこと話しにきたわけじゃないんだ。ギター、貸して」

いきなり言い出す。

「香椎さんが送ってくれた詩に、また曲つけたんだ。未完成だけど聴《き》いてほしくって。あの詩、タイトルなかったから、勝手につけてしまった。『アルファベットの魂《たましい》』」

眩がほほえむ。

アルファベットの魂――。

「うわっ！　それすごくいい！」

思わず手を打ってしまう。

急いで納戸《なんど》にしまっていたギターをとりにいく。眩が時計を見たのは、咲野の塾《じゅく》の時間を気にしていたからだ。最近、塾が終わっても、咲野がうちに寄るとはかぎらないけれど。

ギターを持ってリビングにもどると、眩はスマホをひらいていた。わたしの詩を見ている。

「この詩、ほんと気に入った」

眩が小さくハミングをはじめた。明るいメロディーだ。

「すぐに曲が浮《う》かんできたんで、スマホにメモっといたんだ。コード、合わせてみる」

スマホの詩を見ながら、眩がギターをかまえた。眩が爪弾《つまび》くギターの音色《ねいろ》が、部屋の空気をさざ波にかえていく。スマホにメモしたハミングを何度も聴き直し、いろんなコードでためしながら、眩は歌いはじめた。

はずむような歌声。風が起こり、辺りがパステルカラーに染《そ》まっていくよう――。
いろんなことが目の前に浮《う》かんでくる。
小さい頃の咲野とわたし、そして暁生。
咲野にからかわれて笑っている暁生。
――サクヤ、だーいすき！
あの頃は、無心でなんでも言えた。

突然《とつぜん》、ギターの音色が途切《とぎ》れた。
顔をあげ、わたしもドアの方を向く。
咲野がいた。
ドアの陰《かげ》にかくれるように立って、じっとわたしたちを見つめていた。
息がとまり、周囲がグラグラとゆれる。
瞬間《しゅんかん》、咲野は勢いよく身をひるがえした。
「サクヤ！」
わたしの声ではない。眩――？

ころびそうになりながら、咲野を追っていったのもわたしなの？

ちがう！　誤解《ごかい》よ！　ちがう！

さけんだ？

玄関のドアの前で、咲野が今まで見たこともない形相《ぎょうそう》で、くるりとふりかえった。

「裏切者《うらぎりもの》！　うそつき！　サイテー！　絶交だよ！　ミドなんか消えちゃえばいいんだ！」

黒く燃《も》えたぎるような眼《め》は、わたしに向けられていた。

咲野を追って走り出たのは、わたしではない。

開け放したドアから、生ぬるい夜風が流れこんできた。

12

何日もふるえがとまらなかった。心の底のふるえが。

なんてことをしてしまったのだろう。

あんなに傷《きず》ついてほしくなかったのに、最悪な形で咲野《さくや》を傷つけてしまった。

眩《げん》と二人でいたことに、やましさなんてない。だからこその不注意——けれど、何を言っても、咲野には言《い》い訳《わけ》にしか聞こえないだろう。

真実を隠《かく》していると、こんな報いがくるのだ。

わたしはたしかに、裏切者《うらぎりもの》でうそつきでサイテーだ。咲野の疑《うたが》いを晴らすには、伝えなくてはいけない。わたしの真実の気持ちを。

でも、眩のことは絶対《ぜったい》に言えない——。

決意しながらも、咲野にＬＩＮＥを送る勇気もなかった。反応《はんのう》がこわい。今までの時間が、咲野と育《はぐく》んできた思い出が、こわれてしまうのがこわい——けれど、このままでは咲野を苦しめつづけることになる。

眩からはなんの連絡《れんらく》もなかった。

あの夜、咲野を追っていった眩は、息をはずませてもどってきた。咲野の足は速く、家に逃《に》げこまれてしまったという。けれど、もし咲野に追いついたとしても、何を言えばよかったのだろう。

「ぼくのせいだ……なんとかする……」

つぶやくようにそう言った。

ちがう、わたしのせい。あんな詩を送ったから……。

ちゃんと眩にそう話せたかも、覚えていない。

あれきりわたしも、眩に連絡できずにいる。


夏休みが始まるまでの間、わたしは学校でどうやってすごしていたのだろう。意識がとんでいた。ぼんやりとうつむいてばかりいたと思う。

――ミド、何があった？　サクヤもなんであんなに怒ってる？

――絶交だってサクヤ言ってたけど、あやまるが勝ち（価値《かち》）だぞ。

——おーい！　ミドー！　返事くれー！

暁生《あきお》が心配している。

ＬＩＮＥをひらくこともできなくなった。

電話にも出なかった。訪《たず》ねてきた暁生に、初めて居留守《いるす》を使った。

猛暑《もうしょ》に夏休みの日々が焼かれていく。

不安定で奇妙《きみょう》な夏。じりじりと照りつける太陽。それが突然《とつぜん》、怒《いか》りくるったようなゲリラ豪雨《ごうう》になる。

その午後も、それまで快晴だった青空が、あっという間にくもりはじめた。風が起こり、辺りが暗い灰色《はいいろ》におおわれていく。遠くで雷鳴《らいめい》がとどろいた。骨《ほね》だらけの巨大《きょだい》な手のような稲妻《いなづま》が曇天《どんてん》を切《き》り裂《さ》く。

雷《かみなり》は苦手だ。なのに、わたしは窓辺《まどべ》に立った。雷の爪《つめ》で引き裂かれてもいい、と思った。また稲妻が光った。と同時に、屋根にピンポン玉をばらまいたような音をたてて、激《はげ》しい雨が降《ふ》りはじめた。スッと空気がひえていく。

その雨の爆音《ばくおん》にまじって、チャイムが鳴った。ためらいがちに、ぬれた音色《ねいろ》で一回だけ。

聞きもらさなかった。

このチャイムの音――急いで玄関《げんかん》に向かう。

ドアをあけると、思ったとおり、全身びしょぬれになった眩がいた。玄関の横にころがっている自転車も雨に打たれている。わたしは小さく呼吸《こきゅう》した。

「枇々木《ひびき》くん……」

何かに憑《つ》かれたような眩の暗い眼差《まなざ》しは、ただごとでない。眩は玄関の中に入ろうともせず、前髪《まえがみ》から雨粒《あまつぶ》をしたたらせている。突風とともに吹《ふ》きこんできた雨が、玄関の中で旋回《せんかい》した。

「限界だったんだ……」

低い声で眩はうめいた。

「アキオに告《こく》ってしまった」

「え!?」

とたん、わたしはつんのめるように玄関からとびだしていた。待ちかまえていたように、雨粒がピシピシと頬《ほお》に当たる。

「わたしのせい？　わたしがサクヤに誤解《ごかい》を」

「ちがう！　誤解《ごかい》は、アキオも――」

息をすいこみ、眩は口をとじる。

「アキオが？　アキオも？　わたしと枇々木くんのこと!?」

眩が大きく息をついた。

「もう、こんなのいやだ……これ以上、自分をごまかせない……ぼくはもう限界で」

たたきつける雨音に、眩の悲痛《ひつう》な声がすいこまれていく。眩が光る目をあげた。

「でも、香椎《かしい》さんは言うな！　サクヤには何も言うな！」

いきなり眩が、わたしの両腕《りょううで》を強くつかんだ。

「言うつもりだっただろ？　サクヤに」

「……それを、言わないとサクヤの誤解が」

雨粒《あまつぶ》が口に入る。雨にたたきつけられ、全身がぐっしょりぬれていく。

「いいか、香椎さん！　言ったらもう、以前のきみたちじゃなくなる――」

わたしをつかんだ眩の指先が白くなる。

「サクヤを大事に思うなら、今は言うな！　言ったらだめだ！」

強い視線《しせん》。眩につかまれたまま、わたしは小さくふるえていた。

「でも……でも……」

頬《ほお》をつたうのが、雨なのか涙《なみだ》なのかわからない。

「サクヤの誤解は、ぼくが解くから」

ふっと息をつき、眩はゆっくりとわたしの腕から手をはなした。

「でも、それは、わたしの――」

言葉がつづかない。つめたい雨が目に入り、眩の顔がまともに見られない。わたしは両手で目をおおった。

「香椎さん……ぼくはうちを出る。決めたんだ」

「どこに……？」

ハッと目をこすってわたしは眩を見あげた。

眩の表情はやわらいでいた。

「心配しないで。世田谷《せたがや》のじいさんち。前、話したよね？　学校にもそっちの方が近いから、たまにやっかいになっていたんだ。……親とも、いろいろ限界だった……」

ほほえんだ眩の頬に雨が流れ落ち、涙に見える。また近くで稲妻《いなづま》が光り、爆音《ばくおん》がとどろく。

――雷《かみなり》、わたしに落ちればいいのに。

わたしは眩と視線《しせん》を合わせた。

にじんでいる。

水の中にいるようだ。わたしたち——。

眩は傷《きず》ついたの？

暁生に告白して、傷ついたの？

突然《とつぜん》の告白で、暁生も傷ついたの？

そう、わたしだって想像できる。

告白すれば、たぶん、わたしと咲野は、昔の二人にはもどれない。「親友」であること
はかわらなくても、もう昔のわたしたちではなくなる。わたしはハッとする。

「もしかして……アキオは……アキオがひどいこと」

「まさか……あいつがそんなこと言うはずないじゃないか」

眩のぬれた瞳《ひとみ》が、細く光った。

「アキオはやさしかったよ……混乱《こんらん》させたとは思うけど……。ぼくは自分勝手だからね、
アキオの気持ちなんか無視《むし》してしまった」

——ふいに暴風《ぼうふう》が弱まってくる。

それにつれ雨音がしずまり、小雨《こさめ》になる。

雷鳴《らいめい》も、倦《う》んだように小さくのどを鳴らしながら遠のいていった。

周囲に急に静寂《せいじゃく》がもどってきた。

「……詩、書きつづけろよ」

水びたしになった自転車を起こしながら、眩がほほえんだ。そして、小雨の中、わたしの視界から消えていった。

13

鋼《はがね》の三角形だと思っていた。

咲野《さくや》と暁生《あきお》とわたし。

きっと、わたしがいけないのだ。

咲野を好きになったこと。

ちがう。いけないことなんかじゃない。

好きになった相手が、ただ同性だっただけだ。けれど、それを理解してもらうのはむずかしい。

――アキオはやさしかったよ。

眩《げん》はそう言った。

暁生はどんな気持ちで、眩の告白を受けとめたのだろう。暁生の反応《はんのう》が想像できなかった。

暁生からＬＩＮＥも来なくなった。

わたしも連絡《れんらく》ができない。

まばたきをすると、ぬれそぼった眩の映像《えいぞう》が、次々と小きざみに現れる。目をとじても、それは消えなかった。


夏は気まぐれだ。

ゲリラ豪雨《ごうう》が眩をのみこんだ後、雨が降《ふ》らなくなった。容赦《ようしゃ》ない熱射《ねっしゃ》に大地はカラカラにかわき、熱帯夜がつづいている。

眩が雨の中に消えてから六日あまり――咲野のことだけでなく、暁生や眩のことを想《おも》うと、頭がはちきれそうになる。

その暑い夜、暁生からひさしぶりにＬＩＮＥが届《とど》いたのだ。

――おれ今、ミドんちの前。

家の前まで来たのにＬＩＮＥを使うなんて暁生らしくない。あわてて玄関《げんかん》に駆《か》けおりる。

ドアをあけると、暁生がぼうっと立っていた。門灯の陰《かげ》になった暁生は、がっしりしていて急に大人びて見えた。

「なんでチャイム鳴らさないの」

「夜遅《おそ》いからさ」

「なあに？　アキオが気をつかう？」

わざと明るく言ったのに、

「暑いな」

関係ない言葉が返ってくる。

「外の方が涼《すず》しいぞ」

うつむいたまま、暁生はもう歩き出している。

「どうしてた？　アキオ……連絡《れんらく》しないでごめん……」

あわてて追いかけながら、わたしは少しうわずっていた。暁生はだまっている。やはりいつもの暁生とはちがう。肩《かた》に緊張感《きんちょうかん》がただよっている。

暁生を追って、咲野の家の前を通りすぎる。二階を見あげると、咲野の部屋の明かりがともっていた。わたしは歩きながら、その明かりをふりかえる。

絶交されてから夜中、何度も咲野の部屋の明かりを見にいった。ともっていることをたしかめてすぐにもどる。こんなに近くに住んでいるのに——今はもう、気軽に声さえかけられない。そんな関係になってしまったことに、胸《むね》が張《は》り裂《さ》けそうになる。

咲野の誤解《ごかい》はぼくが解くから——眩はそう言った。

眩はきっと、咲野にも自分の心の奥《おく》をさらけ出すつもりでいるのだ。もしそうなら、眩にだけそんな重荷を背負《せお》わせたくない……。

けれど、

——香椎《かしい》さんは言うな！

心の底からしぼり出したような眩の声を思い出すと、ためらいがわいてくる。そして、自分はずるいんだ、と思う。意気地《いくじ》なしだ。

陸上部だけあって、暁生は歩くのも速い。暁生はときどき立ちどまって、わたしをふりかえった。

満天川《まんてんがわ》の川岸。

ここにも、しばらく来ていなかった。

深夜の川のほとりはだれもいない。カモたちの姿《すがた》もなかった。街灯に川面《かわも》がうろこのように光っている。風はなかった。すでにTシャツが汗《あせ》ばんでいる。

暁生は川岸の石段《いしだん》にすわった。

枇々木《ひびき》眩と初めて会ったところ――。

暁生のとなりに、わたしも腰《こし》をかける。

「ここだと少しは涼《すず》しいよな」

ぼんやりと暁生がつぶやいた。

暁生の顔がこわばっている。

きっと眩の話だ……。うつむいたわたしは、

「元気出せよ、ミド」

予想に反してはげまされ、びっくりして顔をあげた。

「ミドが落ちこんでんの、たまんねーから」

暁生がちらりとわたしを見やった。

「ゲンだろ？　原因は」

答えられず、わたしは水が減った川底を見おろす。対岸の桜並木《さくらなみき》をジョギングする男の人が走りぬけていった。

「だいじょうぶだよ。サクヤの絶交なんて、どうせ口だけだから」

「だったらいいけど……」

わたしは口ごもった。

「でもさ、おれ、サクヤがムカつく気持ちもわかるんだ……あいつ、ほら、倉田《くらた》に告《こく》られたときだって、すぐおれらにしゃべっただろ？　おれだって、バレンタインにもらったカード見せたよな？　チョコはおまえら食っちゃったけど。なのに……ミドはなんで隠《かく》すんだろ、しかも必死でさ。水くさいっての？　サクヤもそう思ってんだ」

「隠してなんかない――」

あわててさえぎったのに、

「それだけゲンが好きなのかな、ってサクヤが」

暁生がさらにわたしをさえぎってつづける。

「ちがうよ、アキオ、それは……」

咲野は暁生には話していないのだ。眩のことが好きなのは自分だと。咲野の複雑な想いを感じて、口ごもる。

「おれ、ミドがなんかヤバくなるくらいあいつが好きなの、見てらんない」

「だから、アキオ、ちがうって――」

暁生は自分が言いたいことがあると、人の話を聞かない。わたしはあせって言葉をさがす。その言葉がなかなか見つからず、さらにあせってしまう……。

沈黙《ちんもく》さえも、熱帯夜はどんよりと重い。

しばらくだまったまま、うつむいていた暁生の全身が、ふいに固くなった。

「――これ言っちゃマズイってこと、よくわかってる……けど、ミドのことほっとけねえから」

暁生は息をすいこんだ。

「ぶっちゃけると……ミド、ゲンはね……ミドがいくら好きになっても、どうにもならねーんだ」

決意をこめ、吐《は》き出すように暁生が言った。

「え？」

暁生はだまっている。

「なによ……？」

暁生の肩《かた》が動いた。

「あいつは……あいつは女には興味ない」

「え……」

「だから、ゲンが好きなのは男なんだ」

暁生がひと息で言う。

「なにそれ！」

わたしは、はじかれたように立ちあがっていた。言いようのないような怒《いか》りが噴《ふ》きあげてきて、にぎりしめたこぶしが細かくふるえている。

のどが痛《いた》い。かまわずさけんだ。

「それは、それはないよ！　アキオ！」

「でも……ほんとなんだ」

わたしの剣幕《けんまく》にあわてて、暁生も立ちあがる。

「わたし、そんなこと、とっくに知ってる！」

ふるえる声に涙《なみだ》がにじんだ。

ビクッと暁生が息をのむのがわかった。

「アキオってそんなやつだったの!?　そんな軽かった!?　枇々木くんの秘密《ひみつ》を、そんな大事なことを、そんなに簡単《かんたん》に」

「簡単じゃない！　これでも悩《なや》んだんだ！」

街灯に反射《はんしゃ》した暁生の目が暗く光っている。

「わたしはね、枇々木くんが苦しんでるの知ってた……重い秘密《ひみつ》、偶然《ぐうぜん》知ってしまった……だから……好きってわけじゃない！　そんな意味で好きじゃない！」

「なんだよ……ほんとかよ、それ……」

暁生がよろよろと石段《いしだん》にしゃがみこむ。

「……そうだったのかよ、知ってたのかよ……だからゲンとミド、こそこそしてたのか」

「こそこそなんて、そんなつもりなかった……でも、サクヤやアキオにだって、たやすく話せることじゃないから」

暁生はさらにうつむく。

「そう、そうだよな、言えねーよな。ただ……おれ、おれは……ゲンがミドのこと好きならそれでよかったんだ。でも、ミドはカムフラージュかよ、って、それがどうしても許《ゆる》せなかったんだ。おれは、おれは、ミドが好きだから」

とたん暁生は、あっと頭をかかえた。

「……言っちゃったよ」

そして、大きく息をついた。

「聞こえた？」

「……聞こえた」

わたしも足もとがふらつき、石段に腰《こし》をかける。頭の芯《しん》がチリチリと鳴っている。

暁生が、わたしのことを？

思ってもみなかった——。

「忘《わす》れてください。それから、サクヤに言わないでください」

必死なのに、暁生の言い方がおかしくて、ふっと緊張《きんちょう》がゆるんだ。目が合う。

「バレたらおれ、サクヤに一生いじられる」

とまどいながらほほえんだわたしに、暁生もなさけなさそうな笑みを浮《う》かべた。

「言うつもりなかったんだ……ずっと今のままのおれらでいたいもんな」

「わたしも……」

心の底からつぶやいた。

「なら、聞かなかったことにしてくれ」

小さな声で暁生がつぶやいた。わたしはだまっている。聞いてしまったことは、心の箱にしまっておくことしかできない。

わたしたちはしばらくの間、放心したように川のきらめきを見つめていた。

ふいに暁生の肩《かた》がふっと下がった。

「……ミドは知ってたんだな……あいつの、あいつが、だれを――」

言いにくいこと、言わなくたっていい。

わたしはあわててさえぎる。

「真剣だってわかったから、つらかった」

「おれも、つらい……」

暁生は深く吐息《といき》をついた。

「あのとき、頭、真っ白になっちゃって、おれ、なんて言ったか記憶《きおく》ないんだ。あいつを傷《きず》つけること言ったかもしれない……いや、絶対《ぜったい》言った……あのときの、あいつの顔が」

暁生の声がかすれた。

わたしは思わずのどに手を当てる。そうしないとさけんでしまいそうだ。

傷つけること言ったの!?　ほんとに?

――アキオはやさしかったよ。

眩はそう言ったのだ。

（うそだったの……）

しずんでいきそうだ……。

雨にぬれた眩の声がよみがえる。

——あいつがそんなこと言うはずないじゃないか。

わたしは息をとめ、涙《なみだ》をこらえる。

でも、これだけはたしかめたい。

「……アキオ、もう……もう、枇々木くんとは……友だちじゃない？」

「きまってるじゃないか！　友だちだよ！」

すばやく激《はげ》しい反応《はんのう》だった。

「おれ、あのときパニクっちゃって……なら、ミドの気持ちどうなるんだ！　って……それでカッとなって……ミドがあいつに夢中だって信じてたから。そうだよ、おれの思いこみだったんだ。おれ、あいつに、ほんとにひどいこと言ったんだ……」

暁生が頭をかかえた。肩がふるえていた。小きざみに呼吸《こきゅう》している。

どんなことを言ったのか聞けなかった。聞きたくなかった。

「おれ、たしかにドン引きしたけど、本心じゃなかった……もう、とりかえしつかないのかな。おれ、あいつ好きなんだ……おれの好きじゃだめなのかな……」

暁生が泣いている。

兄や両親――どんなことがあっても、涙《なみだ》だけは見せなかった暁生なのに。

わたしは大きく呼吸《こきゅう》した。

「……枇々木くんは、きっとわかってくれるよ……枇々木くん、アキオが哀《かな》しむのが一番つらいと思う」

それだけは、自信を持って言えた。


帰り道、わたしは暁生の前を歩いた。

「おれの顔見ないでくれ」

暁生は気まずそうにそう言うのだ。

「ちゃんと後ろで、ミドのこと守ってっから」

夜明け

これが枇々木眩《ひびきげん》と出会ってから一年あまりのできごとだ。

たった一年。

けれど、遠くかすんで見えなくなるくらい時間がたったような気がする。

窓辺《まどべ》にしゃがみこんで、熱っぽい闇《やみ》にしずんだ通りを見つめている。だれも通らない。時間がとまったようだ。

わたしは夜空を見あげた。刻々《こくこく》と藍色《あいいろ》がうつろっていく。月も星も、熱気にとけてしまったように、夜空のあちこちが白くにじんでいた。

咲野のことを思いながら、この十二年間をふりかえっているうちに、ついうとうととしてしまったようだ。

ふいに、部屋の空気がじんわりと動いた気がして、ハッと目をあけ、ふりかえった。

何度もまばたきをする。

部屋に入ってきた咲野《さくや》が、だるそうにリュックを床《ゆか》に置くところだった。

咲野はわたしの方を見ようともしないで、そのままベッドにうつ伏《ぶ》せに倒《たお》れこんだ。

わたしは声もあげられず、目を見ひらいていた。

これは夢……？

咲野がここにもどってきてくれたら——そう強く願いすぎて幻《まぼろし》を見ている？

現実感がない。

それでも、寝《ね》ころんだ咲野の全身から、ふうっと力がぬけていくのがわかった。

（サクヤ……！）

ほんとに？　ほんとに、本物？

わたしはしばらくの間、ベッドに寝ころんだ咲野をじっと見つめていた。そして、おそるおそる立ちあがると、咲野のそばに立った。

そっと顔をのぞきこむ。

寝入ってしまったのか、咲野は動かない。咲野の寝つきのよさはよく知っていたけれど、よほど疲《つか》れていたのだろう。魂《たましい》がぬけたように、すでに眠《ねむ》りこけている。

枕《まくら》に半分かくれた顔に、乱《みだ》れた長い縮《ちぢ》れ毛《げ》がへばりついていた。口笛を吹《ふ》いているみたいに、口を小さくあけている。

（もう……びっくりさせるんだから……）

わたしはへなへなとすわりこんだ。

咲野がいる。わたしの部屋に。

咲野が帰ってきた……。

涙《なみだ》がにじんでくる。ぬぐおうとして、スマホをにぎりしめていたのに気がついた。

（そうだ！　アキオ！）

あわてて、

——サクヤがもどった！　今、部屋で寝《ね》てる！

暁生《あきお》にＬＩＮＥを送信したとたん、

（アキオに会いたい！）

わたしは、はじかれたように部屋をとびだしていた。ＬＩＮＥじゃない。

会ってアキオと話したい！


サンダルをつっかけ、玄関《げんかん》をころがり出る。

いきなり走ったので、つんのめりそうになる。

「ミド！」

そのとき、街灯の向こうから走ってきた影《かげ》が暁生になった。

「サクヤがもどったって⁉」

暁生とわたしは街灯の下で、ぶつかるように立ちどまった。暁生もスマホをにぎりしめている。暁生もわたしとおなじ気持ち——会って話したかったのだ。

「うん、今さっき。突然《とつぜん》部屋に入ってきたと思ったら、そのまま寝ちゃった」

うれしくて声が裏《うら》がえってしまう。

「寝ちゃった？」

「うん……何も言わずに」

「なんだよ、それ」

暁生はひざに両手をつき、力がぬけたように大きく息をついた。

「ったく……心配させやがって、なあ」

暁生と目を合わせ、ほほえみあう。

いつもの暁生とわたしにもどっている。

ふいにまた、涙がにじんだ。

「アキオの言ったとおりだったね……サクヤ、帰ってきた……」

「だろ？　やっぱミドんちだったな」

ほほえんだ暁生の目も、光っていた。

「見にくる？」

「あいつの寝顔《ねがお》見てもなあ」

暁生が笑った。

「ゆっくり寝かせてやれよ。何があったか知んないけど、サクヤ、いっぱいいっぱいだったんだな。ミドとスルーしあってたし、おれもイラついてたし……あいつ、きっとおれらに言えなかったんだ。でも……ゲンに話してくれてよかったな」

わたしはうつむく。

暁生とならんでゆっくりとわたしの家に向かうが、すぐについてしまった。

玄関《げんかん》の前で、わたしたちは立ちどまる。

暁生は息をすうと、

「それで……ゲンには、おれが知らせとくから。ゲンもマジ心配してたし」

「うん……」

顔をあげ、わたしはまっすぐに暁生と向きあった。言いたいことはたくさんある。でも、何も言わなくても暁生はわかっている。うなずいた暁生の目で感じた。

「……おれ、ゲンに何度もＬＩＮＥしてたんだ。うまく気持ち伝えられたかわかんねえけど、おれにとってゲンはすごく大事だってこと。……完全スルーだったけど、ブロックはされなかった……だから、めげずにさ」

暁生の声はさわやかだった。

「あいつがやっと連絡《れんらく》くれたの、サクヤのおかげかもな」

「うん……」

あわてて下を向く。また泣いてしまいそうだ。


暁生はほっとしたように肩《かた》を下げてもどっていく。街灯の下でふりかえった。わたしたちは軽く手をふりあう。

暁生の姿《すがた》が消え、玄関のドアをあけようとして、そのときハッと気がついたのだ。

（え？　サクヤ、どっからうちに入ったの？）

暁生に会いたいと、さっきとびだしたとき、玄関の鍵《かぎ》はかかっていた。

（もしかして……）

わたしは急いで家の裏手《うらて》にまわってみる。

瞬間《しゅんかん》、胸《むね》がキュンと締《し》まった。

(小人の窓《まど》!)

家の裏手《うらて》、外脇《そとわき》のくぼんだ空間。そこの地面に近い地窓の下に脱《ぬ》ぎ捨《す》てられていたスニーカー。きっと咲野のだ。

咲野は玄関《げんかん》のチャイムを鳴らすことをためらい、この地窓からうちに入ったのだ。

子どもの頃《ころ》、わたしたちはこの細長い地窓を「小人の窓」とよんで、用もないのに出入りして遊んでいた。暁生が夜中、逃《に》げこんできたのも、この地窓だ。

いつから出入りしなくなったのだろう。

掃《は》き出《だ》し用と採光のためのデザインのようだが、廊下《ろうか》のつきあたりの目立たない場所にあるので、いつのまにかうちでも鍵《かぎ》がこわれたまま忘《わす》れられていた。

(サクヤ、覚えてたの?……まだこんなせまい「小人の窓」から入れたの?)

なんとかうちに入ろうと、はいつくばって「小人の窓」をすりぬけていく咲野の姿《すがた》が浮《う》かんできて、目の奥《おく》でぼやける。

「小人の窓」をあけてみる。

昔とおなじように、窓はすっと横にひらいた。

（わたしだって、きっと通れるよね！）

サンダルを脱ぎ捨て、中腰《ちゅうごし》になるとわたしは「小人の窓」に両手をつっこんだ。そのまま腹《はら》ばいになって、泳ぐようにすりぬけていく。

通りぬけた！


エアコンをきかせたわたしの部屋で、咲野はまだ眠《ねむ》っている。

睡眠《すいみん》不足なのに目がさえて眠れないわたしは、リビングのソファにもたれて咲野のことを考える。

咲野が近くにいる——それだけでおだやかな幸福感に包まれる。

だれにも言えない。

でも、この想《おも》い、少しもやましくなんかない。

暁生のことを考える。大好きなのに、暁生の気持ちにはそえない哀《かな》しみを胸《むね》にきざむ。

その子さんのことを考える。会ったこともない卓司《たくじ》さんのことも。

どこかの街でお客さんを車に乗せている母親のことを想像する。運転しながら、母親は笑っている。

うれしそうにスカイプで話す父親のことを考える。今までほとんど気にも留《と》めなかった。父親がひとりで暮《く》らしている長い年月を。高校に入学したら、一度シンガポールに行こうと思う。前から母親と来てほしい、と言われていた。

暁生の兄、大輝《だいき》のことを考える。支援《しえん》団体のＮＰＯの車に乗って、どこかへ通いはじめた。暁生の倍くらい太った大輝を見送っていた暁生のママの、やつれた横顔を思い出す。パパには何年も会っていない。

ゆっくり歩く咲野のお父さんを支えて、ゆっくり歩いていたお母さんのことを考える。亡《な》くなったわたしの兄、逸生《はやお》のことを考える。母親が兄の誕生日《たんじょうび》を追わなくなって、何年たつだろう。つぶやいてみる。

お兄ちゃん……。

生きていたら十七歳《さい》になっている。

そして、昡のことを考える。

――アキオはやさしかったよ。

そう言った昡の表情を思い出す。

ぼくたち、ただ好きになった相手が同性だっただけなんだ――そう言った昡の声を。

眩と出会って、いつまでもおなじではいられないと知った。

いつまでもかわらない大切なものがあることも。

この世にはあふれるくらい人間がいるのに、つながっている人はほんの少しだ。

わたしはスマホをとりだす。


――Rへ　サクヤ、うちで寝《ね》てます。

いつか必ずギターをとりにきて。　L

階段《かいだん》をおりてくる足音がした。

「ミド、起きてんの？」

いつもの、ぶっきらぼうな咲野の口調《くちょう》。それだけで心がはねあがる。わたしはふりかえり、咲野を見つめた。すぐには言葉が出てこない。

「エアコンの温度下げすぎたでしょ。寒くて目が覚めちゃった」

ほらっ、と咲野はわたしの首に腕《うで》を当てた。

「ひゃ！」

咲野のやわらかい腕《うで》が、氷のよう。

「お茶いれるね」

はずんで立ちあがったわたしに、

「それよか『砂浜《すなはま》』行こう。きっとまだあったかいよ！」

咲野が髪《かみ》に手ぐしを入れながら言う。

「『砂浜』！」

なつかしい！

玄関《げんかん》に向かった咲野は、

「いけねっ、こっちで脱《ぬ》いだんだ」

廊下《ろうか》のつきあたりに向かうと、しゃがんで「小人の窓《まど》」をあけた。すばやく腹《はら》ばいになった咲野は、つま先から器用にぐりぐりと地窓をすりぬけていく。あっという間に、その姿《すがた》は地窓にのみこまれた。

「ミドもおいでよ、って……あれっ、これミドのサンダルだよね！　なーに？　ミドも『小人の窓』通ったんだ」

咲野が明るい声で笑う。

わたしも笑うと、肩《かた》をすくめた。

この住宅地《じゅうたくち》のはずれに、小さな公園がある。

遊具が二つしかない、いつもしずかな公園だ。

わたしたちは小さい頃、その公園でよく遊んだ。公園を包むように、そこは袋小路《ふくろこうじ》になっていて車も通らない。住宅も少しはなれていた。

小学一、二年の頃だろうか。

公園で遊んだ夏の夕暮《ゆうぐ》れ、その袋小路でキックスクーターを倒《たお》した咲野が、起こそうとしていきなり歓声《かんせい》をあげた。

「あったか〜い！」

偶然《ぐうぜん》、道路に手をつき、発見したのだ。

アスファルトの道が、昼間の太陽の熱をすいこんで、あたたまっていることを。

咲野がすばやくサンダルを脱《ぬ》ぐ。そして、道路をパタパタと歩きだした。

わたしと暁生も、すぐに素足になった。

「ほんとだ！　あちっ！」

暁生が大げさにとびはねる。

「気持ちいいね！」

しばらく素足でとびまわっていたわたしはつんのめり、その拍子《ひょうし》に、道路にうつ伏《ぶ》せに寝《ね》ころんだ。

「うわっ、砂浜《すなはま》みたい！」

すぐにまねした暁生も、

「すげっ、砂浜、海だ！」

寝ころんで手足をばたつかせる。咲野も道路にダイブした。そして、わたしたちは大声で笑いながら、道路をごろごろころげまわったのだ。

包みこむようなあたたかさが、背中《せなか》に、おなかにひろがっていく。

真夏だけの町の「砂浜」。

日中の日差しが強ければ強いほど、「砂浜」は夜になってもあたたかかった。

あれから夏の夜、何度あの道路で寝ころんですごしただろう。わたしは忘れていたのに、咲野は覚えていた。

わたしたちは袋小路《ふくろこうじ》の「砂浜」に向かって走った。

夜から朝へと流れていく時間。

わたしたちは「砂浜」にたどりつく前から、待ちきれず素足になっていた。

その夜明け。

「砂浜」は期待どおり、ほんのりと日中の熱を残していた。

わたしたちは道路にうつ伏《ぶ》せになると、組んだ両腕《りょううで》に頬《ほお》をのせた。微熱《びねつ》におなかがじわじわとあたたまってくる。アスファルトの小さなでこぼこ、細かい砂利《じゃり》――心地《ここち》いい「砂浜」の感触《かんしょく》。

「今年の夏はさんざんだった……」

つぶやくと、咲野はわたしのとなりで目をとじた。淡くにじんだ街灯の明かりに、咲野の横顔が浮《う》かびあがる。咲野が目をとじているのをいいことに、わたしはじっと見つめる。

「あたしって、ほんと思いこみ激《はげ》しいよね」

ふいに咲野が目をひらいたので、あわてて顔をそらす。

「あたし、ミドは絶対《ぜったい》ゲンのこと好きって思ってた。なのに、なんで言ってくれないの、ってものすごくムカついてたんだ……ミドが言ってくれたら、あたし、あきらめてたかも……って、それは絶対《ぜったい》ムリ！」

無邪気《むじゃき》なキラッとした笑顔を向けられ、わたしは思わず目を伏《ふ》せる。

「でもさ、ゲンもミドのこと好きなら……ああ、どうしたらいいんだろう……って」

咲野は顔を引きしめると、さらにうすらんできた夜空を見あげた。

咲野の想《おも》いが伝わってきて、なんだか胸《むね》が痛《いた》くなってくる。

「あたし、あの夜、なんかムシャクシャしてて塾《じゅく》、サボったんだ。……ミドんちの前で自転車見つけて、すぐにゲンのだとわかった……それだけであたし、どうかなっちゃったみたいで……ミドのうちにゲンがいたっておかしくないのに。アキオみたいに……」

「ごめん……サクヤの気持ち、知ってたからわたし、あのとき、なんて言ったらいいか言葉が出てこなくて……」

わたしは腕《うで》に顔をうずめる。

「ミドは口下手《くちべた》だからねえ、あたしとちがって。ヤキモチってこわいな。あのとき、あたし、カッとなってミドにヤバいこと言っちゃったなあって……」

そっと顔をあげると、咲野が照れ笑いを浮《う》かべていた。心がはねあがる。

「……じゃあ、誤解《ごかい》、解けた？」

「まあね……」

咲野が苦笑する。ほっとして、体中の空気がぬけていきそう――。

「あの夜、ゲンに全力で追いかけられて、なんであたし、あんなに必死で逃げたんだろ……泣いてたからかな。あれから……ゲンから会いたいってＬＩＮＥ来た。あたしが会いたいときはスルーしたくせに頭にきて、それからゲンのＬＩＮＥひらいてもいなかった。……でも、家出したとき、すごく見たくなった……そしたらね、ゲンのＬＩＮＥが大量にたまってた」

咲野はふうと息を吐《は》き、急にいたずらっぽい表情になる。

「ゲンはね、ミドのこと言いたい放題」

「え？」

「知りたい？」

咲野はごろんと仰向《あおむ》けになり、スマホをひらく。スマホの光が、咲野の目をきらめかせる。クスッと笑うと、咲野は眩とのやりとりを読みはじめた。

「（勝手に誤解されるの迷惑《めいわく》！　ぼくにだって好みはある。香椎《かしい》さんもてのはずだ）（香椎さんなんてガキっぽすぎて）」

「サクヤ、なにも枇々木《ひびき》くんの口まねしなくたって」

そう言っても、かまわず咲野は眩の口調《くちょう》でつづける。

「(香椎さんって意地悪だよね)(ぼくを仲間に入れたくなかったんだよ。もろバレ。感じわるかった)」

「そうよ。わたしたちに割《わ》りこんでほしくなかった……」

思わずわたしはつぶやく。

「ミドってガキなんだからぁ」

咲野がからかうようにわたしを横目で見る。

「(おれ、香椎さんにじゃま者あつかい)(香椎さんて目つきわるいよね)(弱点みつけてやりこめたかった)(絶対《ぜったい》名前よびたくない。仲いいわけじゃないからね)(向こうも対抗《たいこう》してきてムカついた)——」

「もういいよ!」

わたしは途中《とちゅう》でさえぎる。

誤解《ごかい》を解こうとして、眩は必死だったのだ。それでも、ちょっと言いすぎ。

咲野がおかしそうにスマホをとじた。

「怒《おこ》るなって。ゲン、いいことも言ってたんだから。（いやみなやつだけど、香椎さんの詩は気に入ってる）って」

今度は口まねせずに咲野が告げる。

「……でも、ゲン、もうこの町にいないんだよ。ミドんち来ることも、もうないと思う」

咲野の声がだんだん小さくなる。

「これからは、おじいさんちから学校通うんだって。ゲン、親とうまくいってなかったみたい。あの夜もお別れ――そんなこと話したくて、ミドんちであたしたち待ってたんだって？　手持ちぶさたでギター弾《ひ》いてただけって」

「うん……」

わたしは息をすいこんだ。

そういうことだ。

……きっと、そうだったんだ。

咲野は胸《むね》の上で、スマホを抱《だ》きしめている。

「あたしね、ゲンのＬＩＮＥ、何度も何度も見てたら……たまらなく声聞きたくなって……電話しちゃったの」

いつのまにか夜空の底が、うす紫色《むらさきいろ》に染《そ》まりはじめた。夜が明けてくるのだ。

「でもね、ひさしぶりにゲンの声聞いていろんなこと話してるうちに、なんだかものすごく腹《はら》がたってきたの」

「え、なんで……？」

「自分でもわかんない……でも、すごーく心配させてやりたくなって、だまってるつもりだったのに今、家出中だってことや、もう帰らない、なんて言っちゃった……ついでに、死んじゃいたい！　とか」

「サクヤ！」

ドキッとした反動で、わたしははね起きた。

「すごく心配したんだよ！　枇々木くんからアキオに連絡《れんらく》が行って、それから――」

「ごめん……ちょっと大げさに言いすぎた」

咲野も体を起こす。

「でも、そしたらゲンのやつ、マジに『ぼくのせい？』なんて言うからムカッとして『うぬぼれんな！』って電話切ってやった。それっきり」

胡坐《あぐら》をかいた咲野が小さく息をつく。

「告《こく》らなくてよかったよ……ゲンはやっぱ、あたしの気持ち知ってたんだ」

吐息《といき》をつくと、咲野はまたゆっくり「砂浜《すなはま》」に仰向《あおむ》けになる。

「……でも、あたし、やっぱりゲンとつながってたい……だから、さっき目が覚めたとき、LINEしといた。きっと、告ってたらできなかったね……」

咲野が片腕《かたうで》を目に当てる。しばらくそのままの格好《かっこう》でだまりこんでいた咲野が、

「ミド、あたしね……いいこととわるいことが、いっぺんにあったんだ……家出したきっかけ」

ひとり言のようにつぶやいた。

うん、とだけ返して、わたしもならんで仰向けになる。

「あたしね、もらいっ子じゃなかった……」

「だよね！」

とたん、わたしはまたはね起きていた。

「言ったじゃない！　サクヤ、お父さんに似てるって！」

自分はもらわれてきた子ではないか――。

咲野がずっと悩《なや》んでいたのを知っている。

そんなはずない、と思いながら、証明《しょうめい》できない自分が歯がゆかった。

「……でも、ほんとの両親じゃなかったんだ。おじいさんとおばあさん。祖父母」

「ええっ！」

咲野はやっと目から腕《うで》をはずした。でもその視線《しせん》は、夜明けの空を見上げたままだ。

「あたしに行方不明《ゆくえふめい》の姉がいるって知ってるよね」

「うん……サクヤも会ったことないって」

「それが産《う》みの親。十七であたしを産んで、男と逃《に》げていっちゃったきりだったのに――それが突然《とつぜん》、現れた……」

咲野は淡々《たんたん》と話しはじめる。

「わるいことは……あいつがほんとの母親だったたってこと」

わたしは咲野にかける言葉が見つからない。

両親が祖父母――姉が母親だったの……。

知ったとき、咲野はどんな気持ちだっただろう。

咲野は小さく息をつく。

「お父さんとお母さん、あたしを実子として育てるために、ここに越《こ》してきたんだよ。だれもあたしたちを知らないとこに。お母さん、そのとき五十四……お父さんは五十八だったんだって。勇気あるよね……そうまでして、十五年近く必死に秘密《ひみつ》守ってきたのに、あいつはたった一分でぜーんぶバラしちゃった……ほんとアタマにくる！　……アタマにさすぎてバクハツしそうだった……」

咲野はくちびるをきつくかむと、息をついた。

「……でもさ、家出してる間、ずっと思い出してたんだ。あいつ、あたしをどうしても産みたかったんだって。それだけは言ってくれた……きっと夢中だったんだろうね。その父親ってやつに……もう、いっしょにいないみたいだけど」

咲野は泣き笑いの表情を浮《う》かべる。

「そうなんだよね。……言えないことってあるんだよね……言いたくても言えないこと。あたし、お父さんとお母さんの気持ち、やっとわかった」

わたしは何度もうなずく。

言いたくても言えない――。わたしのこと。

息をすると泣いてしまいそうだ。

「とにかくあいつとおなじ空気すいたくなかったんだ。なんかうれしそうなお父さんたち見るのもいやだったし……しょうがないよね、あんな親不孝《おやふこう》でお金せびりに現れても、実の娘《むすめ》なんだから。……でも、家にいたくなかった。だから……ダンスの合宿行くってことにして」

「うちに来てたらよかったのに……」

思わずうめくようにつぶやいていた。

「うん……ミドとケンカしてるの、こんなに悔《く》やんだことないよ」

うるんできた目を隠《かく》すように、咲野は背中を見せ、またうつ伏《ぶ》せになった。

「心配するからうちには一応毎日連絡《れんらく》入れてたんだけど……夜、お母さんから電話あった。『もういないから帰ってきて』って。お母さん、すごく泣いてた。何度もあやまってた。あたしの気持ち、全部わかってたみたいだった」

落ちつかないのか、咲野はまた起きあがる。

わたしをじっと見てほほえんだ。

「そしたら、急にすごく帰りたくなった」

「ずっと、どこにいたのよ……」

胸《むね》が痛《いた》くなって声がかすれた。

「都心はおっかないから、はずれた町の漫喫《まんきつ》やネカフェ。スマホでさがした。お金持ってたけど、場合によったらほんとにもう帰らない覚悟《かくご》だったからね、あんまり使えなかった」

「わたし、さがしたんだよ、近くの町の漫喫《まんきつ》も。アキオだって、きっと枇々木くんだって」

「ごめんね……」

そのひと言に咲野の気持ちがこもっていた。

帰りたい一心で、咲野は終電がなくなっても、この町の近くを通る深夜バスを調べて、途中《とちゅう》で降《お》りてからは何駅も歩いたという。

「家出、たった三日だったけど、三年はたった気がしたよ……走っちゃったもん、ミドんち見えたとき。……ミドの部屋、明かりがついててほっとした。でも、チャイム鳴らすの照れくさくってさ。そしたら、急に思い出したの。『小人の窓《まど》』のこと。もしかして、まだあそこからギリギリ入れるかもって。昔みたいにね」

わたしは口をおさえた。それでも声がもれ、涙《なみだ》があふれてくる。

咲野はそうして自分の家よりも先に帰ってきてくれたのだ。わたしのところに。

そんな咲野の気持ちを大切にそっと抱《だ》きしめる。

（これで充分《じゅうぶん》じゃないの……）

わたしはわたしに言い聞かせる。これ以上、何を望むの……？

「やだ、なんでそんなに泣くのさ。ミドの泣き虫！」

そう言った咲野の瞳《ひとみ》もうるんでいる。

「だって、だって……ごめんね、サクヤ」

「もうなんでえ？　あやまるのあたしなんだけど」

泣きながら咲野がほほえんだ。

「だって……わたし、何もできない……なんの役にも立たなかった……」

「心配してくれてるの、わかってたから。ミドのＬＩＮＥ見なくたってね」

指先で涙《なみだ》をぬぐった咲野が、ふいに思い出し笑いをする。

「なによ、アキオのボキャ貧《ひん》！　あいつのＬＩＮＥ『お～い！』しか言葉知らないのかね？」

泣きながらわたしも笑ってしまう。

「アキオ、こまるとそれしか言葉出てこなくなるみたい」

「そうだ、アキオよぼうよ。起きてるかな」

足をのばしてゆっくりとうつ伏《ぶ》せになりながら、咲野はスマホをひらく。

「絶対《ぜったい》、起きてるよ！」

わたしは断言する。

スマホの上で咲野の指先が動く。

「アキオには言ってないんだよね?」

わたしはそっと聞いてみる。

「ゲンのこと? うん、うるさいからね。アキオ、お父さんみたいなとこあるでしょ。最近、ますますオヤジ化してきたし」

「アキオが聞いたら泣くよ」

「ほ〜ら、もう返ってきた!」

咲野がLINEをわたしに向けた。

——すぐ行く!

LINEの文字がおどっている。

「『砂浜《すなはま》』覚えてるかな? アキオ」

「覚えてるよ、いくらぼんくらでも」

咲野と笑いあって、わたしもまた砂浜《すなはま》にうつ伏せになった。

辺りが空気まで白っぽくにじんできた。

夜が明ける前の一瞬《いっしゅん》、世界は真っ白な光に包まれる——そんな話を聞いたことがある。

毎朝生まれてくるまっさらな世界。

わたしたちは、そんな世界に包まれている。

わたしは、まだほんのりとあたたかさが残る道路に耳を当てた。

ざらざらとした砂浜《すなはま》の感触《かんしょく》。

もしかして、海の音が聞こえてこないか——。

わたしは目をとじ、耳をすます。

そのとき、アスファルトの下、大地の底の底から深い音色が響《ひび》いてきた。

ゆったりと深い、しずかで荘厳《そうごん》な音色——。

海の音ではない。これは——。

「サクヤ……地球がまわる音が聞こえる」

思わずわたしがつぶやくと、

「ほんと？」

咲野もアスファルトに耳を当てた。

「なーんだ、遠くの車の音だよ」

そう言いながら、咲野もだまって聞き入っている。

――地球がまわる音。

わたしたちを――みんなのさまざまな想《おも》いをのせて、地球がまわっている。

未来に、未来に。

その音に、暁生が駆《か》けてくる足音が重なる。

名木田恵子

（なぎた・けいこ）

東京都生まれ。児童文学作品を中心に幅広く活躍。水木杏子のペンネームで漫画の原作も手がけた。主な作品に『赤い実はじけた』（PHP研究所）「ふーことユーレイ」シリーズ『トラム、光をまき散らしながら』『風夢緋伝』（以上ポプラ社）『レネット　金色の林檎』（金の星社）『小説キャンディ・キャンディ　FINAL　STORY』（祥伝社）『ラ・プッツン・エル　6階の引きこもり姫』（講談社）ほか多数。

編集協力　中島潤

窓をあけて、
私の詩《うた》をきいて

二〇一八年十二月二〇日　初版発行

著者　名木田恵子
装画　紺野キタ
装丁　岡本歌織（next door design）
発行者　工藤和志
発行　株式会社出版ワークス
〒六五一-〇〇八四
兵庫県神戸市中央区磯辺通三-一-一二　NLC三宮六〇四
電話　〇七八-二〇〇-四一〇六
http://www.spn-works.com/

印刷・製本　株式会社精興社

ISBN 978-4-907108-30-4　C8093